A BOCA
DO MURO

BRUNO HONORATO

A BOCA DO MURO

kapulana
editora

São Paulo
2020

Copyright © 2019 Bruno Honorato
Copyright © 2019 Editora Kapulana Ltda. – Brasil

Grafia segundo o Acordo Ortográfico da Língua Portuguesa de 1990, em vigor no Brasil a partir de 2009.

Direção editorial: Rosana M. Weg
Projeto gráfico: Carolina da Silva Menezes
Capa e ilustrações do miolo: Mariana Fujisawa, com colagem digital utilizando fotografias próprias e de copyright livre, além de imagens de pixos cedidas por Bruno Honorato.

Dados internacionais de Catalogação na Publicação (CIP)
(Câmara Brasileira do Livro, SP, Brasil)

Honorato, Bruno
    A boca do muro/ Bruno Honorato -- São Paulo: Kapulana, 2020.

    ISBN 978-65-990121-3-6

    1. Ficção brasileira I. Título.

20-35474   CDD-B869.3

Índices para catálogo sistemático:
1. Ficção: Literatura brasileira   B869.3

Maria Alice Ferreira - Bibliotecária - CRB-8/7964

2020

Reprodução proibida (Lei 9.610/98).
Todos os direitos desta edição reservados à Editora Kapulana Ltda.
editora@kapulana.com.br – www.kapulana.com.br

Para seu Toninho e Dilo Boy,
in memoriam.

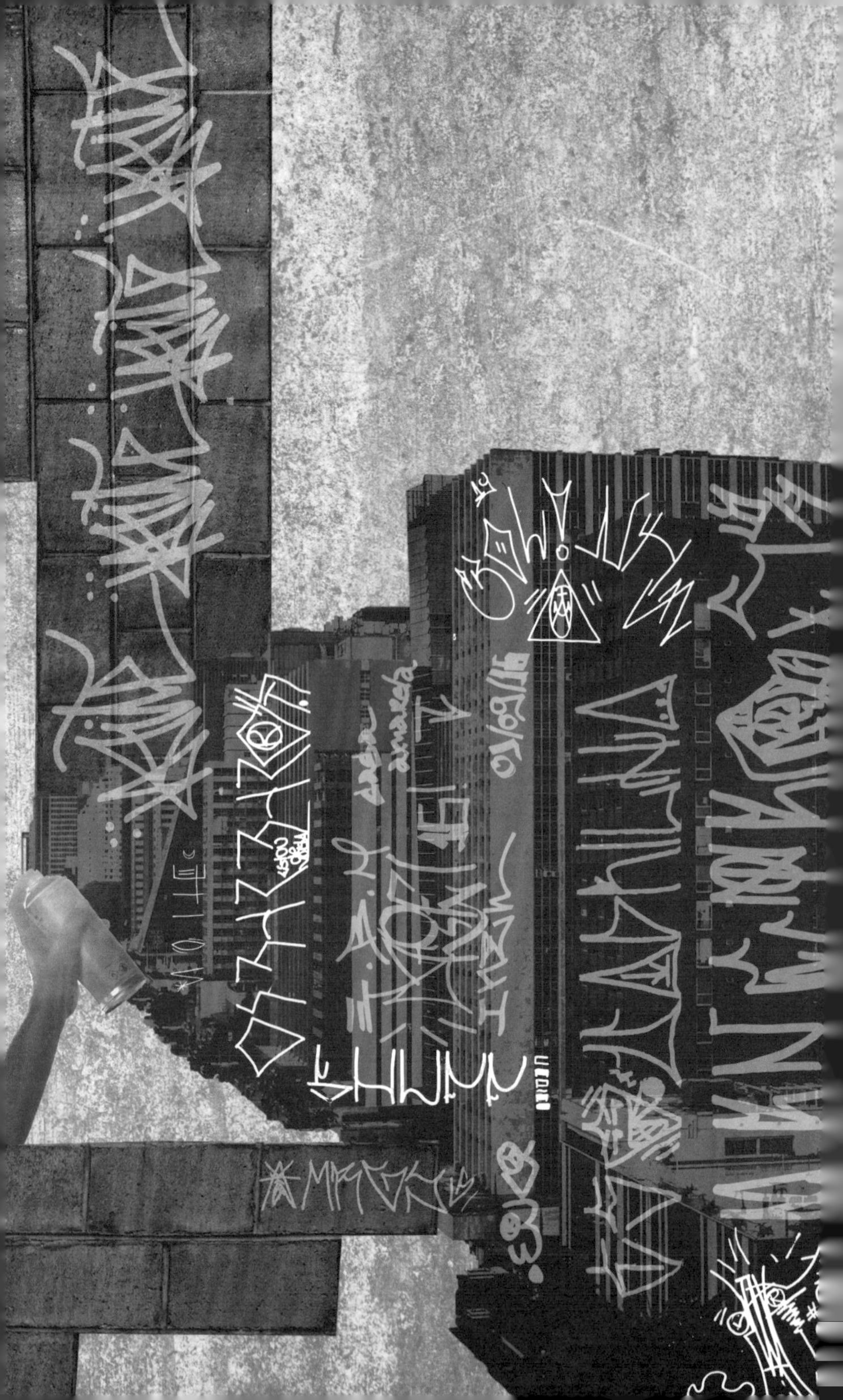

VIDA: VC COSPE OU ENGOLE?

_____

PIXAR É UMA DELÍCIA E PAU NO CU DOS POLÍCIA

A fita é o seguinte, Gordo viu um pico firmeza e chegou com a novidade. Ó, muro branco abandonado, não tem erro. Ali na ponte do metrô, ali onde neguinho faz rapel e se mata. E os ALKIMISTAS na fissura de fazer o corre na mesma hora, o bagulho é vício, na moral. Acabou que foram na mesma semana, bem na sexta, dia de maldade.

Vai vendo, os ALKIMISTAS pegaram o primeiro busão, o segundo e desceram embaixo da tal ponte. Uma calçada esburacada, muito carro e muita moto. Tudo meio cinza e malcuidado. Um rabisco chavoso na parede em frente: EUFORIA * MORTE.

Iam no caminho estreito, subiram a que cruzava e tomaram à esquerda. Ninguém na rua, parecia suave. Um bairro de elite, todo arrumadinho, cheio de árvore. Nada a ver com a quebrada dos ALKIMISTAS.

A noite feia e fria, e o dia inteiro aquele chove-não-molha. Pelo menos a garoa tinha parado. Umas dez e pouca da noite, muita nuvem e a lua quase sumindo, só aquele traço pálido que aparecia de vez em nunca. Eles vão trocando ideia, caminhando devagar. Os ALKIMISTAS estão chegando. Mais perto agora. Os ALKIMISTAS chegaram.

A parede era comprida e cercava um terreno baldio. Numa ponta tinha uma guarita abandonada e na outra um poste de luz. O muro branco, para escrever o que quiser. Puta de um achado.

E Gordo se achando, claro. É ou não é? Falei para vocês! E Nina agitada. Gente, que coisa mais linda! Quem vai primeiro? Gordo respondeu que já estava com a lata. Puxou a mochila e ajoelhou perto da guarita. Sacou o galão. Pensa num maluco grande. O alquimista pesava 140 quilos e tinha dois metros de altura, se esticava todo para foscar. Agora pensa num maluco grande, gordo e folgado. E também malandro e colorido. Pronto. Era esse aí o cara, tipo um herói. Você vai ver.

Gordo abriu bem as pernas que nem um lutador de sumô, lançou ALKIMISTAS, a grife, depois GRAJAUEX, o pixo dele. Rabiscou uma estrela e passou o rolinho para Nina. Eita, que o dedo coça! A pixadora fez um letreiro chapado e pontiagudo, agressivo, ANGÚSTIA. Já é, constou mais um. A vez de Negazul. De longe, Bonito só observa. Ele mete a mão no bolso, caminha, acende um cigarro. Suavão. Tinha umas latas vazias na guarita, Bonito foi fuçar. A luz entrava pela janela. O vacilão esbarrou na pilha e derrubou tudo. Fez eco. Caralho, Bonito, presta atenção! Um bico acendeu a luz na casa em frente. Os ALKIMISTAS tudo pianinho, passava nem vento. Geral com cara de besta e de apavoro. Mas passou uma cota e o morador apagou a lâmpada, daí aos poucos a confiança voltou. Dá nada não, tio. Pelo jeito não ia dar nada mesmo. Segue o jogo.

Negazul lançou um N espremido e elegante, depois a letra O. Ia ser mais um para conta, mas aí já era. Eles chegaram por trás de Bonito. Polícia, quietinho, mão na cabeça. De onde vieram? Todo mundo pra parede, devagar. Malandramente, Gordo jogou a ponta do baseado no terreno baldio. Só que o outro polícia viu, deu para ler na farda que era o sargento. Se eu tiver que procurar, você tá fudido. Vai, mão na cabeça, abre a perna.

O aviso foi dado pelo rádio. Na ocorrência em Perdizes não tem furto em andamento, só uma molecada pixando. Nina fazia campana para lá do poste, longe da luz e da lei. Aproveitou a chance e despirocou na ladeira, quase capotou virando à esquina, na loucura e na vontade. O polícia mais novo fez que ia atrás. O sargento mandou deixar quieto, que a gordinha fosse embora, os outros vão pagar a cota dela. O filho da puta segurava Gordo pelo braço. Quer dizer então que vocês gostam de pixar? Que foi, ninguém vai falar nada?!

Rodar é do jogo, e nele o objetivo é maior, mais alto e mais vezes. E vão te fuder. Porteiro, zelador, cachorro, segurança. Zé-povinho é mato. E quando roda... Sabe como é, cara na parede, costas para a lei. O polícia chama e você responde. Tem passagem? Tem droga aí? Mora onde? Trabalha? Um por um, até que chegou a vez de Bonito. O sargento pisou em seu tênis limpo, roxo e dourado, com meia pegada e sem recuo. Pensa num maluco folgado. E você, seu maconheiro, tem passagem? Bonito não respondeu logo. Inconformado com o tênis, encarou o polícia. Foi tipo um desafio, tá ligado? Deve ter sido aí que azedou o pé do frango, ou se vacilar foi porque o polícia teve que procurar, e procurou muito, mas não achou droga nenhuma, nem no terreno nem nas mochilas. Sorte, ou azar. Com polícia, vai saber. Sim, senhor. Bonito respondeu e respondia sim a processos por crime ambiental, mandava enquadrar as intimações. Ah, então você é pixador nato? Sabe o que eu faço com pixador, com vagabundo? Ninguém falou um a. É assim? Eu só ajudo quem me ajuda. Padrão. Tira o boné. Fecha o olho. Soldado, dá um trato nesse magrelo.

O polícia molhou o rolinho e passou ele na cara e no corpo de Bonito. O sargento foi trabalhar os demais. Agora vocês vão ter uma aula. Vai, fala. Nunca mais vou pixar a casa dos outros! Ninguém. Ordem repetida. Manda quem pode, obedece quem tem juízo. Quero ouvir! Vai, fala! Gordo e Bonito disseram afinal. Nunca mais vou pixar a casa dos outros! Negazul calada. Você acha que eu tô de brincadeira?! O sargento cuspia quando gritava. Bafo de café. Negazul rígida. Por acaso, era surda!? Não, senhor, não era surda. Mas eu sou surdo, e eu quero ouvir alto.

Fala!! Nunca mais vou pixar a casa dos outros! Agora sim, agora estava melhor. Tiveram que repetir ainda algumas vezes. A prática leva à perfeição.

Bonito colorido e o sargento cansado da ladainha. Queria variar um pouco. Você, balofo, vem aqui. Você também, magrelo, vem aqui. Faz seu troço feio na camisa dele. Bonito esticou a camiseta para facilitar o pixo de Gordo. O que tá escrito aqui!? GRAJAUEX, senhor. Quem entende? E que porra é essa? Gordo baixou a cabeça com as mãos para trás, sem nada explicar. O sargento quis saber qual era o pixo de Bonito. Ele respondeu BONITO. Quem é bonito? Você!? O polícia se rachava. Cuzão!

Criativo, o sargento mandou Bonito pintar Gordo. Não queria ver pele nem cabelo, só tinta. Gordo recebeu lata e rolinho. Começou o trampo. É claro que o sargento não tinha esquecido a pirralha, limpa ainda, e folgada ela. Você, morena, que é bonita de verdade, que podia tá em casa namorando, estudando, fazendo o que com esse bando de maloqueiro?

Negazul detestava aquela palavra, morena. Negazul era negra. Não dava para ver? Ofendida, queixo apontado para cima: gostava de pixar. Ah, é? Gosta? Eu amo pixar. Ah, é? Soldado, sobrou tinta nessa lata? Desgraçadamente havia sobrado. A lata foi entregue ao sargento, que protegeu as mãos com um pedaço de papel, inspirou com força o catarro, puxou tudo para a garganta e cuspiu. Misturou bem. Olha, isso aqui é para você nunca mais fazer presepada. E despejou catarro verde com tinta branca na cabeça de Negazul. Comentou enganado que aquela não pixaria mais, chegou até a perguntar. Vai pixar de novo? Ninguém respondeu, mas parece que o polícia ficou satisfeito. Já deu, né? Só que antes de ir fala assim, fica com Deus, bom trabalho. Dessa vez ninguém resistiu. Os ALKIMISTAS desejaram que a lei ficasse com Deus e bom trabalho. Agora, vaza! Some da minha frente, bando de cuequinha do caralho! A garoa voltou decidida, não faltava mais nada. Ou faltava?

O transporte público vai até meia-noite. A volta é a pé. Não fosse o banho de tinta, suave. Para quem é do rolê, São Paulo é galeria. Um sticker aqui, uma tag ali, um grafite naquele muro, uma poesia naquele outro. E, truta, uma porrada de pixo para ver e viajar. Cada trampo uma história. ROMÂNTICOS escalando janelas, ACROBATAS se equilibrando em pontes, BÊBADOS surfando em trens. Como subiram ali? O bico vê, mas não entende. O pixador bate o olho e já entendeu.

Trombaram Nina próximo à fita errada. Tinham se combinado pelo celular. Caminharam mais ou menos uma hora e pegaram à esquerda na saída da via expressa, por baixo de um viaduto. Moravam ali usuários de crack e dois cachorros. Na coluna onde estavam os barracos, dois pixos, SUJEITAS * RASTA BOYS, e um lambe-lambe, CIDADE MUDA NÃO MUDA.

Nina tirou uma foto e postou na rede social, #rolezinho #alkimistas. Tomaram uma avenida principal e periférica. Falavam pouco e alto. Garoa virou chuva. Pneu rasgando a lâmina d'água. E a merda toda é que a tinta era esmalte sintético. Para tirar de verdade, e de boa, o esquema é thinner. Água raz até limpa, só que é treta, mano, tem que esfregar bem e tem hora que nem sai. Se pelo menos tivesse sido látex, firmeza, a chuva não ia formar aquela viscosidade em roupas, cabelos e tênis.

Gordo de cabeça baixa e nariz escorrendo. Os outros ALKIMISTAS espirrando e tossindo. Negazul apontou. Meu, acho que tem alguma coisa aberta lá na frente. Direto e reto. Caminha, caminha, caminha. Avenida, chuva, semáforo. Chegaram ao Fechanunca.

Noite calma, só dois bêbados numa mesa. Bahia na porta olhando o movimento. Valha-me Deus. Que cabrunco fizeram com vocês? Ele ouviu tudo calado. Examinou os ALKIMISTAS. Espera aí. Entrou no bar. Voltou. Aqui, ó: thinner, estopa, sabão, pano seco. Toma, coloca o lixo nesse saco plástico. Quando terminar, o pano você coloca no balde. Limpeza feita na beira da avenida. O cabelo de Negazul estava visguento, queimado. Depois teve que cortar, perdeu quase tudo, uma cena triste da porra.

Bahia, o cara mais gente fina desse mundo. Macho, agora vamo tomar uma cervejinha? Os ALKIMISTAS beberam. Misturaram álcool e ódio. Engoliram. A primeira noite deles no Fechanunca, bar da cidade onde teriam crédito e mimo, bar da cidade que vai fechar uma primeira-única-exclusiva vez na história. E que noite escrota. E o pior é que tem mais. Vai vendo que o final é cabuloso.

EFEITO COLATERAL QUE O SISTEMA FEZ, CAPÍTULO 4, VERSÍCULO 3

Gordo mais uma vez foi quem ganhou a senha do rolê. Ele combinou um serviço ali perto do Minhocão, umas três semanas antes. Moeda boa, fazer um condomínio inteiro, predinho e área comum, pintura e massa, por dentro e por fora. Teve que juntar ele e uns camaradas para dar conta.

Eles começaram o trampo, tal, escada vai, escada vem, tudo na santa paz até que me passa um morador. Gordo lixando o remendo da guarita, a síndica embaçando em volta. Daí esse zé-povinho me chega na linguista para reclamar, o vazamento no apê de cima ia fuder com a parede dele. Falou de um jeito diferente, mais certinho, o jeito deles. A síndica apaziguou e pediu calma, a vaca disse que ia falar com o vizinho, deviam colaborar, a gente vive em comunidade. E foi bem aí que deu ruim, porque logo na sequência ela parou, colocou a mão assim no queixo, tipo pensador, e me soltou essa: aliás, "comunidade" não, porque "comunidade" agora é "favela". E riu, mano. Achou graça, a desgraçada. E o bico riu também. Riu que eu vi. Cuzão!

Gordo calado, só que por dentro o bicho fervia. Deixa eu falar uma coisa, minha senhora, favela de cu é rola. Desde quando a senhora sabe alguma coisa de favela? E de comunidade, a senhora sabe? Ó, foi um pixo de vingança, tá ligado? E foi justo, sem maldade. A síndica tirou a favela, a lata revidou. É justo. É ou não é? E tem mais, pixo é sempre vingança. Você pega essa molecada, a maioria começa a trabalhar novão e quando envelhece fica tudo desempregado. Cresce sem apoio, sem estrutura. Depois, sem chance. Enquanto isso o filho da elite na aula de xadrez, judô. Carlos Alberto, vai se atrasar pra natação! Ana Clara, hora do balé! Ó, São Paulo deve para os ALKIMISTAS. E deve para OS + FEIOS, OS + SUJOS, OS + IMUNDOS, OS + ODIADOS. Deve também para OS + PREVISTOS, OS + Q SUJO, OS + Q TODOS, OS + Q DOIS. E quem vai pagar? Você vai pagar? Nem eu. Vai me pagar, São Paulo? Ah, é? Então vou zuar sua casa, seu escritório, sua tranquilidade. E foda-se. Achou ruim? Tenta a sorte.

Gordo engoliu seco, puto. Sem crise, meu, Negazul disse quando soube da conversa, o que é dela tá guardado. Pode pá. E não deu outra, acabou o serviço e passou coisa de uma semana, no meio da folia, os ALKIMISTAS iam se vingar, rabiscar a fuça daquele prédio.

Brindaram numa lanchonete do bairro. Viva a pixação! Bateram com força os copos. Tomaram a saideira e vazaram. O esquenta acabou, agora ia começar o fervo. Foram na caminhada. Pertinho, umas duas, três quadras. Chegaram.

Prédio de oito andares. Em volta um muro com cerca elétrica. Nina ressabiada. Gente, vai dar merda, pixador tem que ser discreto. Ela ia de Mulher-Maravilha. Gordo de peruca verde e uma camisa tropical. Negazul parou de alisar o cabelo, ia fantasiada de colombina. Bonito fantasiado de Bonito mesmo. Relaxa, tio. Dá nada, não. A gente tá discreto, é Carnaval!

Os ALKIMISTAS deram a volta no condomínio. No fundo do terreno, meia dúzia de sobrados. Foi por ali que entraram no prédio. Subiram no portão, foram pelo telhado da garagem, escalaram a janela. Rumo ao topo da casa. As câmeras apontavam para fora, vigiavam as entradas. Menos no muro de trás.

Apontavam para dentro, se moscar para não ter problema de advogado, bagulho de lei de privacidade. Gordo ganhava a senha de qualquer endereço. O bicho era enjoado. Pintor, ia numa porrada de lugar durante o dia. Ficava só de olho no pico. À noite, tudo registrado e planejado. Se a gente descer perto da câmera, não aparece no vídeo. Foi o que fizeram. Um de cada vez, se penduraram no muro e pousaram na maciota, colados numa churrasqueira. Em linha reta até a porta dos fundos. Grudadinhos na parede, no ponto cego. Tem que seguir o plano, meu camarada. Vem comigo que hoje ninguém roda. Subiriam pela escada de emergência. Nunca tem câmera na escada de emergência, um puta adianto. Do primeiro degrau, só subir até o último. Só alegria. Se trombar um zé-povinho, dá um boa-noite calmo que resolve o problema. Mas, ó, é bem aí que o chicote estrala, fica esperto. Um vacilo, e o porteiro te pega. Aí fudeu... Molha o rolê, invasão de propriedade, processo, uma cagada do caralho, nem queira saber.

Da cadeira, o porteiro gansava a entrada nos fundos. Os ALKIMISTAS discretos e silenciosos. No aguardo. Até que enfim, uma chance. Negazul foi na frente, atravessou o corredor na manha, chegou na escadaria e segurou a porta aberta. Depois Gordo, Nina e Bonito. O coração daquele jeito. Na subida, difícil segurar o riso e a raiva. A gente tem que fazer uma agenda hoje. Velha desgraçada! Acima do oitavo andar, o telhado e a casa de máquinas. Porta com trinco e cadeado. Bonito puxou o zíper, sacou chave de fenda e martelo. Encaixou a fenda entre a parede e o trinco. Martelou de leve, bem na moralzinha, só para ajustar. Gordo veio pela esquerda, os dois na empunhadura. Tênis na parede para ajudar o tranco. Silêncio. Nina fez um, dois, três. Solavanco para trás. Barulhão. Eco no vão da escada. Dois parafusos saíram. Os outros dois, pela metade. Ficaram bem frouxos.

A gente dá outro sacolejo? Não, mano, dá para arrancar na unha, de boa. Só que Gordo, vacilão, deu mais um tranco. Tirou os parafusos, emputeceu os ALKIMISTAS. Precisava disso, mano? Vai acordar o morador. Não dá dessas! Depois de chegar até ali, era muito difícil rodar. Será? Morador só reclama se o barulho continua, senão passa batido. Será? Gato escaldado, sabe como é.

Deram os primeiros passos no telhado, curtiram a vista.

A síndica morava na Santa Cecília, ela chamava de Higienópolis, bairro de gente diferenciada. Bonito foi até a mureta e sentou, protegeu a bermuda branca com um papelão. Ele tem dessas de pendurar o pé em lugar alto. Quando os ALKIMISTAS iam até sua casa, trombavam Bonito no parapeito, na dele, só admirando a favela. Tio, o centro à noite é bonito demais! E era mesmo. E naquela noite, àquela hora, a lua, só meia-lua e muito branca, bem no meio do céu, prateou suave o cinza escroto de São Paulo. Bem louco, o pico. Tinha que ver. E Negazul no apetite. Ei, passa a bola, Romário. Ela recebeu a ponta de Bonito e tragou forte. A fumaça veio bem no olho. Coçou, lacrimejou. Tossiu um pouco. Soltou a fumaça e respirou fundo pelo nariz. A festa começando em seus neurônios. Deu outro pega. A cidade lá embaixo. Os bancos de praça, a pouca grama, os bêbados fantasiados, os postes, as putas. Noite quente, fim do verão. Negazul deixou Bonito em sua viagem.

Nina e Gordo, a todo vapor, já tinham mandado ALKIMISTAS * ANGÚSTIA * GRAJAUEX, na casa de máquinas que apontava no alto do edifício, um pixo por face. Falta o lado de lá. Negazul na larica. Falta o meu do lado de lá. Cada pixo é único e pessoal, um sujeito e um motivo. E o motivo de NOITE era simplão de tudo, vai vendo. Negazul foi a última a entrar na grife. Ela saiu no pião algumas vezes antes de fazer seu primeiro corre. Ainda não sabia como marcar a cidade. Comentava a lua, o vento na orelha, um grafite, às vezes até o silêncio. Teve uma mão que ela pirou numa cigarra. Daí, quando chegou a hora, ficou fácil decidir. Negazul gostava da noite, NOITE então. Sabia nem usar a lata nessa época. Mas foi castelando no mundo do pixo, e hoje é só respeito. E a estreia de NOITE foi na claridade, quem diria. Fim de tarde, uma sombra esticada na Cupecê, pertinho de casa, numa sexta-feira. Miliano desde aquele pôr do sol.

 Negazul completou o rabisco com uma letra E feita de um só traço, maloqueira e elegante. Mandou um recado, MEU NOME É FAVELA, bem onde tinha mais visão, dava para ver de cima do Copan. Pensa num trampo chave, pesado até o osso.

 Bonito colou nos ALKIMISTAS. No pique de dar uma cabada. Só se for agora, meu truta. Foram até a mureta. Time entrosado. Nina e Gordo levantaram o alquimista pelo pé que encostava na laje. Pixador de cabeça para baixo. Negazul molhou o rolinho, tirou o excesso, encaixou os extensores. Entregou para Bonito, que balançava e percebia o sangue indo para cachola. Na calçada, nego tudo miúdo. Um letreiro excêntrico. Primeiro e óbvio, B e O. Entregou o rolinho seco para Negazul, que devolveu com tinta na medida. Nina e Gordo nem faziam força. A posição era embaçada, pensa no sufoco, mas Bonito grudava na parede que nem lagartixa. E o mano era vaidoso, você não tem noção. Que nem o Homem-Aranha, tio, Homem-Aranha. Já falei, lagartixa o caralho! Dos ALKIMISTAS, o melhor escalador, tem nem discussão. Assim, letra a letra, passo a passo, da esquerda para a direita, terminou o pixo, caligraficamente perfeito, BONITO. Mais um para conta.

 Bonito era foda. Às vezes, ele mesmo se justificava assim, isso é porque eu sou foda. Gostava de motor, mulher e adrenalina. Moleque, pediu um beijo para tia da escola. A professora deu um estalo na bochecha do maloqueiro, Bonito respondeu batucando o lábio, queria na boca. Jura que ganhou o beijo. Ninguém viu, mas ninguém duvida. Com doze anos Bonito já pilotava moto. Moleque zica. Inventava obstáculo, subia na calçada, dia de maldade. Começou a pixar na escola. Bonito escrevia Bonito na carteira, na parede, na lousa. No caminho para casa, percebeu as letras escangalhadas de São Paulo. Daí virou BONITO. Puxaram de volta o Homem-Aranha. Trocaram ideia mais um pouco. Bonito reclamou da camiseta suja, Negazul citou um bloquinho de rap saindo da Estação São Bento, a tinta acabou, decidiram abandonar o galão. Depois um inventário: meia lata de spray, uma bomba e três canetões; dois pretos e um verde. Na mochila de Nina, cola, pincel e uma dúzia de lambes. Não era fartura, mas dava para brincar. Juntaram também dois extensores e um rolinho de espuma; não iam servir para nada àquela hora, mas valiam ser guardados, só precisavam dar um jeito de umedecer a espuma. Dividiram o peso entre as mochilas.

    Curtiram a vista mais uma vez. Voltaram pela escada. Desceram até o quinto andar e chamaram o elevador. Ninguém cobra quem sai de prédio, só quem entra. Mesmo assim, no térreo, para garantir, quatro boas-noites em vez de um. O porteiro respondeu com outro boa-noite ainda. Sem novidade. Será?

    Saíram pelo portão e viraram à esquerda, lateral do prédio. Perceberam a escuridão. Não havia luz no poste nem nos refletores. E, truta, rua desertinha. E silêncio. Na boa, essa não dava para perder, iam tocar o terror. E foda-se a propriedade privada, foda-se a síndica linguista, foda-se a metrópole! Negazul abriu a mochila e foscou ALKIMISTAS, colocou o ano e deixou outro recado, RESPEITO É PRA QUEM TEM. Nem me viu, sucesso.

    A síndica linguista entenderia? Será? Quem olha os muros da cidade? Quem pensa no que eles querem dizer? Não sei, e era melhor não ficar moscando. Todos concordaram. Largaram o rabisco e seguiram na caminhada. Só alegria.

    Só alegria um caralho!

OS + ODIADOS

Tem vez que passa um tempão e nada, mas tem vez que um dia parece como se fosse um tempão, diz aí. E tem dia que a noite é foda, e o rolê da síndica linguista foi foda. É isso, meu truta, sem tirar nem pôr. Tanto que foi na mesmíssima noite da porradaria no Centrão.

E olha que tinha passado coisa de seis meses só desde aquela fita errada na Oeste, a do banho de tinta. Nesse meio tempo, Dona Flor, vó de Gordo, se aposentou de vez, Gordo completava a renda. Graças a Deus o maloqueiro ia numa fase boa, emendando um bico no outro. E ele, rato que era, sempre afanando sobra. Cada trampo, um galão, um pincel, um rolinho, uma cor. E nessas, tinta não faltava. Pelo menos isso. Já Negazul passava uns perrengues. Primeiro teve o bagulho do cabelo, que machucou demais, depois teve a mãe que se separou. O padrasto de Negazul é desses machistas que tem de baciada por aí, que reclama de roupa curta, e mulher direita não pode beber e não sei o que mais. Parece que a briga da semana anterior foi a gota d'água. Olhando os prédios, Negazul parece deslumbrada e feliz, mas só pensa no padrasto. Vai que ele aparece no meio da noite para tentar alguma coisa, que nem da vez que ele entrou bêbado e sangrando pela janela. O pior é que Nina também ia mal, o pai dela descobriu que tem câncer. Foda, né? Gente, a bruxa tá solta, ela disse. Nina vai no rolê sentindo inclusive um pouco de culpa. Também, quem curte a pegada numa boa enquanto o pai fica preso numa cama de hospital, ainda mais fazendo quimioterapia? Sofrimento da porra, viu. E por último e para balancear, Bonito todo serelepe. Fazia um mês o alquimista tinha pegado um contratinho firmeza. Rodava pouco. Fixo para uma editora na Lapa. Teve dia que ele chegou em casa não era nem duas da tarde. A rotina de Bonito era sorrir na marginal, subir e descer a 23, pegar corredor, entortar o cabo como um bom cachorro louco, indo e vindo na cidade, a sua amante, indo e vindo, indo e vindo.

E lá se vão os ALKIMISTAS, no pião, sem pressa, cada qual carregando sua alegria e sua dor, na direção da Praça da República. Por cima ou por baixo? Tem que ser por baixo, mano, o viaduto vai dar na Roosevelt, não serve para gente. Vamo por baixo então. BANDIDOS * AMARGOS * MALDOSOS. O cinza ali é mais escuro, a fuligem do escapamento gruda nas colunas, no teto, nas placas. Pelo menos tem um monte de grafite no caminho, para amenizar, colorir, gritar. AGONIA * DESGRAÇA * CHACINA. Os ALKIMISTAS avançam. SERELEPES * TROMBADAS * CORRERIAS. Além disso pouca luz, um ambiente quase enlacrado, manja? Parece que você vai dentro de um bicho alienígena. E tome canela. CRETINOS * DRAMA * EBOLA. Na Avenida São João aparece de novo a meia-lua, a síndica linguista fica para trás, o Minhocão também, e finalmente os ALKIMISTAS chegam na Praça República, onde há uma concentração de blocos.

Batuque. Lixo espalhado. Eco de todo canto. Uma galera em volta de cerveja, uma roda de música, uma brincadeira. E um monte de bloquinho. Mano do céu, uma leva. De protesto, de farra, de axé. Samba, pagode, música eletrônica. De um tudo.

Iam farrear. Encostaram num bloquinho desses.

Skol, vinho, catuaba! Skol, vinho, catuaba! Ambulantes. Homem de batom, mulher de noiva. Calor da porra, mano. Fantasia de pirata, palhaço, político. Topless. Neguinho se apertando, mijando na esquina. MÚSICA. Skol, vinho, catuaba! Skol, vinho, catuaba! Eita porra, se liga naquele mano. Vai cair.

Perto do cordão era mais treta de ficar, zé-povinho dançava e brigava pelo asfalto. Para lá da fita, bico privilegiado, fotógrafo, credencial de imprensa, organizador. Gente sem camisa, perna de fora, sorriso para todo lado. Óculos escuros, noite alta. Skol, vinho, catuaba! Skol, vinho, catuaba! Negazul apontou o Edifício São Luiz, aquele na boca do Terminal Bandeira. DI. Para bom entendedor, nem meia palavra. Antes do D e depois do I, duas linhas cruzadas por uma na vertical. Significa "diferente". Referência máxima do Movimento, o cara era foda, completo, tinha rolê de chão, quebrada, pico, prédio. Que deus o tenha, DI, o Pelé do pixo.

Mais dança, mais música. O povo se roçando, se beijando. Mulheres e homens, mulheres e mulheres, homens e homens. Carnaval! Alegria! Tudo pode. Quem não gosta? Os ALKIMISTAS iam no fluxo. Bonito sacou da lupa, lente espelhada. Eu vejo tudo e ninguém me vê. Mandou um beijo. Gata, a mina. Japa. Novinha. Purpurina na bochecha, catuaba na mão. Nem aí para o maloqueiro, virou a cara. Gordo balançando a pança, o suor escorria por baixo da peruca. Negazul dançava e sorria, respondia à lua com seus dentes brancos. Concentrada, Nina foi logo arregaçando. Infame, não resistiu e colou num poste SE BEBER, NÃO POSTE. Não perdeu a chance. Nem podia. Se a sua parada é pixo, suave, encaixa no rolê, se for outra coisa, aí complica, tem que fazer o bagulho caber na cidade, tipo que nem o lambe. Dá uma canseira tem hora, para achar um canto. Pelo menos é um material versátil para caralho.

E você pode colar na parede, ou no poste, ou no asfalto, ou no bueiro. Repara. Você já deve ter visto, São Paulo é cheia de lambe. Tem letra de tudo que é tipo e tamanho. Às vezes no mesmo lambe tem uns três tipos. E pode ser qualquer coisa. Um aviso: ATENÇÃO! ISSO PODE SER UM POEMA. Uma verdade: A GENTE SE ACOSTUMA, MAS NÃO DEVIA. Um pôster. Um desenho grande que você monta na hora do corre. Pode inventar. Sem regra.

E Nina, mano... Ela não dorme no barulho de ninguém. Levou coisa nova. Frase, coração, estrela, até negócio de gibi, SOC! PUM! POW! CRASH! Tudo colorido, CARNAVAL! Camada de cola, lambe, segunda camada. Pronto. Constou. A cidade é nossa. A CIDADE É NOSSA! Ouviu bem? Os outros ALKIMISTAS iam devagar. A lata de spray perto do fim. Guardavam ela para um pixo específico ou especial. O canetão não virava no concreto do poste, daí que resolveram se destacar. Grudando de suor. Música alta incomodando. Depois a gente cola em outro bloco. Tomaram uma transversal para longe da Praça da República. Gente, que bonita. A rua era toda foscada. Nossa, todinha. Uma agenda de fora a fora. Placas, lixeiras, colunas. BOATOS * GRATOS * FAVELA. FANFOR * MISÉRIA * IRONIA. O que era aquilo? Um vocabulário? MOSCA * MEDONHO * MISTÉRIO. Novo? Pixador anda na rua e vê os camaradas. LEKO * POBRES * RIJA * SKAS * LIXOMANIA * CHAMAS * ANDARILHA * SUSTOS * VDA * HEMPS * ANTBOYS * VGN * ORKS * HALL * BELAS * NAVALHA * BARATOS * INSETOS * PAVILHÃO. Milhares. Tudo foscado. Até na parte de baixo das marquises, no teto, onde só dá para ver de baixo para cima. Bagulho doido. Como escreveram ali, eram lagartixas? Homem-Aranha, tiozão, Homem-Aranha! Já falei. Assim, zuando, foscando, bebendo, rindo e correndo, chegaram ao fim da rua, no Vale do Anhangabaú.

O batuque de outro bloco. Os ALKIMISTAS nem ligando. Eita, meu, que linda. Negazul pirou. Segunda janela, nenhum rabisco, fácil acesso, de esquina, visibilidade. Bonito tinha razão, estava pedindo. Nina coçando o dedo.

Gordo era a base do jeguerê. Agachou. Nina sentou na cacunda dele, Negazul veio por trás, pisou com um pé na coxa de Gordo e depois no ombro. Deu impulso. Logo estava em cima de Nina.

Gordo de cócoras, Nina sentada, Negazul em pé. Um sobre o outro, um pouco inclinados. Mão na parede para ajudar na subida. Bonito veio por trás e apoiou as costas de Nina e Gordo. Estabilizaram, respiraram. Gordo levantou. Uma torre humana, o famoso jeguerê. Negazul trepou na grade da primeira janela e de lá para a marquise. Deitou de bruços e puxou Nina. Bonito tomou distância, correu, pulou na direção do muro. Alcançou a grade com uma mão. Nem precisou do jeguerê, magrelo zica. Puxou o corpo para cima e já estava com as pixadoras. Gordo nunca fazia no alto. Aí, vou dar um mijão. Meu, mancada, tem banheiro químico ali na frente. Muito apertado, Nega. Em vez de fazer campana, Gordo sumiu na esquina. Bloquinho chegando. Em volta e no rastro, ambulantes, moradores, curiosos, gringos.

Negazul balançou a lata, um pixo específico e também especial, no centro da cidade, no meio do fluxo, NOITE. Daí ela sentiu a batida do surdo no meio do peito. BUMMM!

O bloquinho chegou nos ALKIMISTAS.

Bonito fumava olhando o estouro. Nina colando um lambe. A mais artística. Mandava em todas as artes de rua, desenhava, participava de sarau. A mina tinha rolê e cobrava engajamento dos manos. A lata tem que agredir, revidar. VOCÊ TÁ FELIZ? SEU FEMINISMO COLA NA FAVELA? Nina queria saber. E tome lambe, QUE OS PESSIMISTAS ESTEJAM ENGANADOS!

Até aqui, tudo bem.

E cis que um playba se separou do bando. Jovem e forte. De tênis, bermuda e uma camiseta amarrada na cintura. Branco. Inchado de academia. Ei! Que que vocês tão fazendo aí? Meu, olha o zé-povinho. Negazul já não gostou. Bonito foscava de costas, virou para olhar o bico. Balançou a lata. Dedo sujo. Terminou o trampo. BONITO. Mais próximo e mais alto. Ei! Ei! Que que vocês tão fazendo aí? Negazul respondeu grafite. Arte de rua, reforçou Bonito. Aquilo não era grafite, não era arte, era pixação, vandalismo! Por que não iam sujar a casa deles? Os ALKIMISTAS iam gostar se pixassem a casa deles? Meu, você não tem nada a ver com isso. Segue o seu caminho, a gente segue o nosso. O prédio não é meu, mas também não é seu. Parece que tudo na cidade tem dono. Tem até praça cercada em São Paulo. Que porra é essa!? E o que isso tinha a ver com o assunto? Ninguém tinha perguntado nada daquilo.

Negazul na treta. Bonito soltou o cigarro para acertar o playba na descida. O bico desviou. A bituca foi certeira na caipirinha. Cinza e papel boiando. Desce daí, seu esquisito, vamo conversar. Não, meu, ninguém vai descer. Vai lá curtir sua festa, cada um na sua. Gente, olha. Gordo voltava do mijão. O zé-povinho de groselha, só podia. Seu tamanho intimidava e Gordo sabia disso. Influou o peito, passo largo, exagerando a circunferência. Chegou na treta. Aí, que que pega? Nada, não. O bico ressabiado e firme. Você que é o dono desse prédio? Não respondeu nem arregou. Tem nada para você aqui não, boy. Vai, caminha! Folgado aquele maluco, embaçar numa fita que não tinha nada a ver com ele, ainda mais sozinho! Folgado nada! E quem disse que ele estava sozinho?

Negazul contou oito caras e três minas. Chegaram mais perto. Todo mundo inchado de academia. Alguns de camiseta, um deles usava o abadá de um carnaval baiano. Meninas de blusinha, cabelo liso e comprido, tatuagem tribal. Onze. Fudeu. Não dá. Negazul com o cu na mão. E descer sem ajuda, como? Ô, JP, vambora? Vazar? Esse vacilão aí pixando o prédio. Gordo mostrou a palma da mão. Pixando nada, mano. João Pedro, esquece esse negócio, você já bebeu demais. O playba com sangue no olho. JP, deixa isso quieto. Vambora? Duas meninas insistiam. Partiu, João Pedro? Vamo? Puxavam ele pelo braço. Ideia nada de acabar, rendendo. Gordo rindo frouxo, o boy encarando. Gente, falei que ia dar merda. Aquilo foi subindo no JP. Ele lascou a caipirinha na fuça do alquimista. Vai, seu cuzão!

Aí o bagulho desandou. Gordo levantou a guarda e soltou um mata-cobra voador. No queixo de João Pedro. O bicho já caiu de olho fechado. O amigo reagiu. Ei! Precisava disso, brother? Num tá vendo que o cara tá bêbado?! O amigo empurrou o pixador, que empurrou de volta. Puta gordo folgado do caralho! Começaram uma discussão gritada. Um zé-povinho tomou distância. Dois passos, quase pulando, uma voadora bem no peito. Gordo não caiu, meio que se defendeu. O pixador tentou socar o da voadora, que desviou. O do abadá veio com outra voadora. Gordo se defendeu, tentou reagir, não acertou. Alquimista cercado. Mordiam e assopravam, batiam e recuavam, um depois do outro. O pixador protegeu as costas numa quina de portão e coluna. PODE VIM BANDO DE CUZÃO!!

Os ALKIMISTAS precisavam de Gordo para descer. Alto demais. Negazul se pendurou de costas e machucou o tornozelo na descida. Estava bem, respondeu. E foram os três na direção da cena. Negazul para trás, mancando. Gordo já faltando gás. Tentou dar fuga e deu as costas. Sem massagem. Tomou uma voadora e caiu de cara. Aí, truta, aí fudeu... Fudeu tudo. JP acordou e pegou uma garrafa do lixo, Gordo tentou levantar, tomou um chute na cara, uma bicuda no cu e uma pesada na costela, as meninas tentavam segurar, os ALKIMISTAS corriam para ajudar, Gordo tentou subir, chute na cara, na testa, na nuca, desmaiou, mais bicuda, mais pisão, Nina chegou na treta, JP acertou com a garrafa na boca dela, desceu na hora o melado, sangue e batom vermelho, pingou no collant de Mulher-Maravilha, Nina cambaleou e meteu a cara na porta, as meninas gritavam que parassem pelo amor de Deus, vocês vão matar o menino. Pararam. Só o barulho do bloco. A treta acabou. Não, não acabou, não! Um maluco ainda ficou de groselha antes de sair. Olha que neguinha gostosa da porra, brother. Vê se pode a conversa do bico. Se fuder, viu. Bando de arrombado!

Você já chorou de nojo e raiva? Negazul já. Você já sentiu uma caixa de ódio no peito? Os ALKIMISTAS já. Quadrada, enferrujada, pontuda. Dói quando respira. Em São Paulo as coisas saíam do controle, só certeza e surdez. Tomar no cu, viu. Bando de safado do caralho! Ah, mas os ALKIMISTAS mereceram, você não pode sujar a cidade, a propriedade, a sociedade, nhem nhem nhem, mimimi. Ah, vai tomar no cu você também! Chama do que quiser. Conversinha isso aí. A doença de São Paulo é outra fita. Pixação é um sintoma, a febre. E, aí, vai se espalhar. Mas deixa quieto, deixa, o que é seu tá guardado.

FALA MENOS, PIXA MAIS

Foi isso mesmo que você leu, os ALKIMISTAS se fuderam na mão da polícia e depois apanharam de playboy, bem dizer uma caminhada ladeira abaixo, mas quem apanha também bate. E quem avisa amigo é.
Os ALKIMISTAS bebiam cerveja no Fechanunca, e o boteco lotado, barulhento. Negazul foi na jukebox, colocou a moeda, escolheu a música e voltou para mesa. Gordo sendo Gordo, feliz e folgado. Bahia, dá um grauzinho nesse som, sem maldade. E aproveita e desce um x-tudo.
Bonito entrou na sequência. Na estica, como sempre. E a fuça de sempre, cabelo crespo, narigão, boca de trivela. Só faltava Nina, que estava no hospital com o pai. E seu Topete de mal a pior, já tinha perdido o cabelo, as sobrancelhas e os cílios. Agora perdia as unhas.
Ainda bem que existem ervas que curam e acalmam, diz aí. E de motoca Bonito era quem fazia o corre nas biqueiras. Menino rápido e rasteiro. E ia sozinho, tiozão, porque dois numa moto é pedir para tomar enquadro. É ou não é? Negazul salivando. E aí, trouxe? Bonito sacou dois pinos e uma paranga. Gordo não gostou, devia ser o dobro de crva. Tio, deixa de ser fominha, uma paranga dá, baseado rende. E logo Bonito se enfiou no banheiro, ignorando o amigo. Gordo repetiu que a maconha era pouca. Negazul apaziguou. Relaxa, meu, essa dá. Bonito era o único alquimista que cheirava, os outros gostavam de maconha e cerveja. E pixo, claro. Bahia, a gente vai ali fumar

um cigarro e já volta. Avisa o Bonito? Aviso, claro. Cigarrinho de artista, né? Gordo era um animal caprichoso, bolava um baseado redondinho, seco, apertado. Levava um canivete suíço para todo canto. Pilava o fumo, cortava as pontas. Usava toda vez o mesmo papel de seda, fazia questão. Chamavam de Marlboro Verde. Meu, a coisa mais linda. Levaram o assunto para a esquina, nos fundos do bar. Não queria morrer assim, Gordo preferia que fosse rápido, tipo dormindo. Meu, todo mundo fala isso, não sei. A gente aprende com a morte, tá ligado? Se moscar, é até bom ver ela chegando. Bonito voltou do banheiro. Papo de maluco, tio. Quem quer ver a morte chegando? Coçava o nariz, batucava o peito. Trouxe a cerveja. Encheu os copos e pousou a garrafa ao lado de Negazul, tênis respingado. O tênis de Bonito, óbvio, limpíssimo. Gordo acendeu o baseado. Negazul queria notícias. Bonito visitou o pai de Nina mais cedo àquela tarde. Meu, como tá o seu Topete? Era câncer no intestino. A morte morrida chegava perto dos ALKIMISTAS. Tio, é aquela coisa, a quimioterapia te cura, mas te arregaça. O médico falou que tá dentro do esperado, só que não é bonito de ver... Seu Topete tá zuado, mano... Com a cara abatida, o lábio fudido, e até a Nina parece que envelheceu uns dez anos. Falando nela... Negazul mostrou a tela do celular. Olha, não morre mais! Nina avisou pela rede social. Gente, tive que passar em casa antes. Resolvendo uns troços com minha mãe, até, beijo. Negazul respondeu firmeza, beijo, inté. Voltaram para o bar.

 Mesa de plástico, um balcão encardido, caça-níquel, a famosa jukebox, caldo de mocotó. Polícia, bicheiro, travesti, recém-divorciado, pedrinha, alcoólatra. Fechanunca, para o bicho da noite, o rio onde beber água.

 Tio, é o seguinte, Bahia, desce mais uma, por favor. Voltando no assunto, eu não quero ver nada de morte chegando.

Aprender o quê? Para quê? Esse sofrimento do seu Topete? Deus é mais, tira a dignidade do mano. Quero é morrer rápido, sem aviso e sem dor. Negazul contra. Não sei, meu. Acho que vale a pena se despedir, aprender. Será que vale, tiozão? Será que esse sofrimento todo ensina alguma coisa? Olha, eu bebi pouco para ter certeza, e tem mais, seu Topete não morreu e nem vai morrer, logo menos tá de volta, tomando cerveja, tocando pandeiro, bem de boa. Gordo se empolgou. Isso aí, Nega, quebrou tudo! Um brinde ao seu Topete que logo menos tá de volta!

E Nina nada de chegar. Ei, fumar outro baseado enquanto ela não vem? De novo, Gordo? Ih, truta, vai falar da minha vida? É cartomante agora, vai ler meu futuro? E mostrou a palma da mão. Acabou que Gordo foi sozinho. Bermuda, camisa colorida, andar malandro, feliz, floquinho. Negazul na larica. Bahia, me vê uma coxinha, por favor. Só se for agora, minha gata. E aquela pimenta, aquela da garrafa de Coca. Para você tudo, minha leoa. Bahia é foda, mano, isso aí é assédio. Chegou a pimenta, a da garrafa de Coca. Uma combinação de malagueta, biquinho e cumari. Ardia com força e demorava no fundo da língua. Rebater com cerveja até amenizava, mas não resolvia. Eita, cada vez mais forte isso aqui! Já falei, tio. Bahia diz que não, para largar de frescagem. Meu, bom é assim! Machuca só que acostuma, daí não tem coisa melhor, que nem a vida.

Nina chegou afinal, sem exclamação. Oi, gente. Oi, mulher! Tudo bem com você? Tudo indo. Usavam a palavra "mulher" quando o assunto era sério, entre elas, sem piada nem defesa. E o seu Topete? Nina cumprimentou Bahia de longe. Seu Topete ia bem, cansado de hospital, puto com a falta de cigarro. Ia malcriado, mal-humorado, mas confiante, fazendo planos e sambas. Bonito bem que avisou, Nina com a cara cansada, a pele flácida. Negazul deu um abraço na amiga. Nina deu a entender que conversavam depois, Negazul deu a entender que tudo bem. Gente, falar de coisa boa? Onde é a pegada? Hoje não tem pegada, Nina, vai ser no pião. Bahia trouxe um copo para Nina, mofado. Chamavam assim por causa da camada branca de gelo, Bahia guardava os copos no freezer. A dormência na ponta dos dedos e a garganta gelando na sequência, uma delícia. Saúde! Nina perguntou das meninas, que estavam um terror, como sempre. Bahia mostrou fotos no celular, uma gracinha, as duas; a mais nova tinha quatro anos, a mais velha tinha seis. Limpou a mesa com um pano úmido, foi atender outros clientes.

Gordo apontou na entrada. Aí, gostei de ver, macacada reunida! Brindaram. Nina fungou a tabela que vinha de Gordo. Eita, que tá cheiroso esse menino! Riram todos. Nina também queria fazer fumaça, precisava relaxar. Gordo tinha queimado tudo. Bonito interrompeu o batuque que fazia na mesa. Gordo, você fumou aquela maconha todinha só para dizer que era pouca, né? Um sorriso canalha no canto da boca. Truta, você acha que eu ia dá dessas? Eu acho. E Bonito deu uma fungada barulhenta. Riram todos.

Mancada Gordo ter queimado o fumo todo por capricho, e Bonito já tinha guardado a moto, ia ser treta pegar de novo. Acabaram entrando num acordo. A Boca do Morro era mais perto e todo mundo conhecia o dono, Vareta. Negazul e ele chegaram a ficar na época da escola.

Pediram a conta. Tá cedo, macho, toma mais uma. Não, Bahia, tamo indo. Já falamo demais. Como diz a minha vó, TÁ NA HORA DA JIRIPOCA PIAR! Pagaram, agradeceram e foram.

FARINHA TUDO DE NOVO!

Atravessaram a avenida, entraram pelo beco, desembocaram na paralela. De ideia com a parede. BOMBA CITY * ARRASTÃO * DINHO * NINJA *OS BICHO VIVO * ABSTRATOS * TCHENTCHO * KRELLOS. Seguiram. Passaram pela Quadrinha, pela Rua do Córrego e tomaram a Rua dos Prédios. VENENO * BEKOS * INSUPORTÁVEIS * MALAS * PIAUÍ * VIKINGS * KBEÇA * BAGUNCEIROS * TERRÍVEIS. Casa sem reboco, asfalto rachado, mato saindo pela brecha do concreto, muito bar, muita igreja. A Rua dos Prédios era uma ladeira, a subida esquentava e tirava o fôlego. Lá embaixo, o fluxo. Lá na frente, a ponta de um outro morro. O pancadão entre os dois, num vale. E na meiota do vale, a boca, que patrocinava o evento que nem marca de cerveja em festival de rock. Desceram. Muito carro parado na calçada, alguns rebaixados. Moto para lá e para cá. De mão em mão, uísque, energético, cerveja, lança, baseado. Comes-e-bebes nos dois lados, em barracas. Não havia ordem aparente. O cheiro do espetinho se misturava ao do narguilé. Negazul mandou um alô para o Bar do Pascoal. De pé, apoiados no balcão, um homem e uma mulher responderam ao aceno. Os ALKIMISTAS iam lado a lado. Música cada vez mais alta. Bastante calor. Janela aberta, lâmpada acesa; em algumas casas só a luz da TV. Do lado de fora, nos fios, pipa, rabiola, tênis e um boné. Os fios acompanhavam o sentido da rua, de poste em poste, e também cruzavam ela, uma bagunça da porra. A lua crescendo, a semana seguinte ia ser um arregaço, certeza. Lua bitela, o canal para foscar.

Gordo parou no Goró de Qualidade, ficou de resenha com Alemão, o dono da barraca. Os outros ALKIMISTAS cumprimentaram de longe. Bonito colou numa jovem de cabelo crespo e tênis rosa. Oi, princesa. Que coisa mais linda essa sua boca. A mina olhou o alquimista de cima a baixo. Arrastou a colega pela blusa. Pixador no vácuo. Tchau, princesa. Gordo se despediu de Alemão. Foi até os amigos. Vazar? E lá se vão os ALKIMISTAS. Música cada vez mais alta. Som no talo, som de preto, de favelado, mas quando toca ninguém fica parado. Quero ouvir. Mais uma vez. É som de preto, de favelado, mas quando toca ninguém fica parado. Gordo curtindo, balançando. Helipa, é baile de favela. Joaniza, é baile de favela. ÚLTIMOS * ÚNICOS * PÁLIDOS * VÂNDALOS, também. Baile de favela. Nina, é baile de favela. Mais que todos, pode crer. Negazul em casa, cresceu ali. Ela não anda, desfila; é top, capa de revista. Bonito procurando uma novinha, atrás de um rabetão tão tão tão tão tão.

Bem ali, ao lado da sonzeira, Negazul trabalhava, no Salão da Loura, de terça a sábado, das nove até o último cliente. Desde criança ajudava dona Loura, sua mãe. Cresceu entre tesouras e navalhas. Varria, dava recado, limpava o balcão. Química se tornou a especialidade de Negazul, mina de todo canto vinha tratar a juba com a maloqueira. Ironia de mau gosto, teve a missão de salvar o próprio cabelo. Passou coisa de um ano desde aquele banho de tinta no Sumaré, e ela tentou de tudo e nada deu certo, foi então que fez a transição via natureza, uma alquimista afinal. Para lavar, bicarbonato de sódio. Para enxaguar, vinagre de maçã. Para hidratar, baba de quiabo. E foi assim, pouco a pouco, lavagem após lavagem, que renasceram as madeixas de Negazul, e dali a mais um ano a pixadora vai ostentar aquele afro considerável, volumoso e balançante, de respeito. Só que, mano, na hora, no minuto que aconteceu, em frente ao espelho, com três dedos de cabelo só, joãozinho, impotente, mutilada,

Negazul baixou a cabeça com a mão tapando os olhos, não teve jeito, desceu lágrima. Os ALKIMISTAS perguntaram. Tá bem? Quer que a gente faça alguma coisa? Negazul viu a imagem refletida, suspirou. Vamo foscar! Daí os ALKIMISTAS foram numa loja de tintas e saíram de lá com vontade de arregaçar o mundo. Negazul varou a madrugada foscando parede, orelhão, poste, marquise, fachada, placa, ônibus, mureta, vidro, janela, muro, viaduto, guia, calçada, porta, portão. Passou a cidade para o nome dela. Gritou. NOITE * NOITE * NOITE * NOITE * NOITE * NOITE * NOITE * NOITE * NOITE * NOITE. É tudo nosso! E comentou no último trampo, ESCARRA NESSA BOCA QUE TE BEIJA. Uma noite de ódio. Diferente daquela noite no funk, uma noite de milagre. Foi isso? Qual a palavra? A vida é louca, meu truta. Você desacredita. Vai vendo a cena.

E o som também nada de parar. É minha, é minha, a porra da buceta é minha. A letra, a batida, a origem do funk incomodavam. Pesado. Era relevante, periférico, que nem o pixo.

Chegaram. De um lado, ANGÚSTIA * EXÓTICAS * PRESÍDIO. Do outro, PODRÕES * PORÕES * VILÕES. Entre as duas paredes, a viela que dava na biqueira. A mãe de Negazul não podia, nem fudendo, imaginar que ela fumava um baseado. Olhou para um lado, olhou para o outro, suave, nenhum cagueta. Beijinho no ombro, partiu Boca do Morro. Entraram pelo beco. Chapisco grosso num muro, tijolo à mostra no outro. Corredor ia longe, luz fraca no final. Detrás de uma parede, a casa do Zé Narigão. Da outra, o Barranquinho, terreno baldio onde a molecada soltava pipa e vigiava o movimento da polícia.

Seguiram. Uma fila antes do final do beco. Uma fila! Maconha era ilegal, só que tinha boca-de-fumo em todo lugar, que nem mercado, pão francês, feijoada. Em bairro de playboy os caras entregavam, que nem pizza.

Lá na ponta, Vareta organizava o movimento. Não tinha caixa rápido nem fila preferencial, e o bagulho tinha que andar.

Sem embaço. Se tivesse que dar troco, o maninho reclamava. Se levasse moeda então, aí já era desacato. Um, dois. Um, dois. Vareta acenou para os ALKIMISTAS. Colou. E aí, firmeza? Vareta era miserável e mau, uma coisa não exclui a outra. No tráfico uma galera sofre com a vida que leva. Tem culpa, depressão, raiva, a porra toda. Vareta não. Vareta desde moleque já queria ser bandido. Matava gato, pombo, só de farra. Uma vez ele matou um cachorro. Teve outra vez, na escola, que ele rasgou a cabeça de uma coleguinha. Bicho sangue ruim. Em toda vila tem um tipo desses. Se moscar, em bairro de playba também deve ter, maluco assim, que guarda o sentimento na sola do pé, mas aí o cara não vira traficante, vira outra coisa, executivo, engenheiro. Ali, onde moravam Negazul e Bonito, Vareta era esse cara. Só que, na moral, se você soubesse levar, de boa, ele nunca que ia pesar na sua. Quer dizer, Vareta pesava na das minas. Isso aí era um problemão. Sempre foi.

Vareta beijou as pixadoras no rosto. Fungava. Apertou a mão dos caras. E aí, firmão? Suave, e vocês? De boa. Querendo o quê? A gente veio buscar uma paranga. Opa, é bom, dá uma viajada. E vieram de casalzinho? Não, aqui todo mundo é amigo. Nina tinha percebido Vareta cobiçando de longe, não gostou da conversa. Vareta gritou para agilizar o movimento. Acompanhou os pixadores na fila.

Chegou a vez dos ALKIMISTAS. Bonito meteu a mão no bolso para sacar o dinheiro. Pagou. Vareta, acelerado, passou a mão no cabelo de Negazul. Ficou lindo, hein, Nega, esse seu cabelo mais curto. TIRA A MÃO DE MIM, Ô! Calma, sua louca! Que mané calma, Vareta! Te dei confiança? Não, mas já deu. Vixe, faz tempo! Passado é passado, meu querido. Tenso, o bagulho. Pensa. Negazul com a cara fechada. Calma aí, sua maluca. Fiz nada para você. Ficar de bico agora? Te machuquei? Meu, dei confiança para você encostar em mim? Relaxa, sua histérica. Negazul detestava aquela palavra, histérica. E Vareta ameaçou mais uma vez pegar no cabelo da alquimista. Gordo impediu. Tira a mão da mina. Que porra é essa, balofo? E tira a mão de mim, caralho! Você vem na minha boca para me desrespeitar? Nem daqui você é. Desrespeitando ninguém, não. Você que desrespeitou ela. E a mina é sua, por acaso? Eu não sou de ninguém! Você ouviu isso? A mina não é de ninguém, ninguém é de ninguém. Então por que você tá de groselha? Rolha de poço, baleião! Deixa que a mina fala. Ela já falou, não quer ideia com você. Bonito tentou apaziguar. Tio, deixa isso quieto. Vambora? Você é folgado, gordão. Vareta foi de novo para meter a mão no cabelo de Negazul. A pixadora empurrou o traficante, o traficante empurrou a pixadora, Gordo empurrou o traficante. O alquimista era muito mais alto e mais pesado. Vareta quase cai. Reagiu para cima do pixador fungando, mordendo a orelha, respirando acelerado, cabeça para frente, braços para trás, encarando para cima. Deixa eu ver se você é bom, se é bom mesmo. É grande, mas não é dois. E nem tem peito de aço. Sacou uma pistola e meteu na cara de Gordo. Negazul deu um passo para trás, Nina e Bonito também. Gordo ficou parado. A fila se desfez em correria, gritaria. O maluco que trampava na biqueira ficou com cara de bunda. Debater com o chefe, não ia. Matar na boca também ninguém podia. Nem mesmo Vareta. Ei, trocar ideia? Ei, Vareta, vamo trocar ideia, mano, abaixa essa porra. Ninguém ouvia. Certeza e surdez. São Paulo, uma selva do caralho isso aqui. Vaza da minha boca, seu cuzão! Arma entre os olhos de Gordo. O coração batendo forte, tão forte que doía o peito. O suor descia pela testa. Bonito tentava mais uma vez apaziguar. Vareta, na humildade, vamo deixar esse bagulho quieto? Vambora, Gordo. Vamo, galera. O alquimista não se mexeu. Ninguém se mexeu. Tio, vambora? Vareta, nem precisa dar o baseado, tio, nem o dinheiro, nada, só deixar quieto. Vambora! Você acha que eu quero seu dinheiro, feioso?! Esse gordo tá tirando, essa que é a fita errada!

Não, tio, nada a ver, desculpa aí se a gente ofendeu a sua pessoa, vamo ficar de boa, na humildade. Vamo, Gordo. Vamo, galera. Vai logo, barriga de bosta, escuta seu camarada! Ficar defendendo essa putinha agora? Negazul se atacou. Puta nada, meu! Você que me desrespeitou, me violentou. Nina também queria ir, deixasse quieto, porra, Negazul era foda, dar lição de moral em bandido? Vamo, gente, pelo amor de Deus. Já deu o que tinha que dar, o Bonito tá certo.

Gordo era um animal caprichoso. Virou as costas e fez que foi embora, mas antes de sair, em vez de vazar pianinho, vai e me xinga o traficante. Arrombado. Falou baixinho, mas foi suficiente. A resposta de Vareta saiu do cano girando e barulhenta, acertou a nuca de Gordo. O pixador caiu de cara sem se proteger, ralou o nariz, sangrou o lábio, fez barulho, levantou poeira. Negazul desabou sentada. Bonito e Nina foram acudir o corpo.

Você já viu sangue escorrendo no concreto? Os ALKIMISTAS já. Vai devagar, formando um riozinho vermelho escuro, quase preto, carrega um pouco de sujeira no caminho.

Negazul chorava. Você matou meu amigo, seu filho da puta! Que foi, neguinha, quer levar um pipoco também? A culpa é sua, você que me tirou do sério. Corguenta! É? Deixa o partido saber que você matou na biqueira. Tá me ameaçando, sua histérica? Quer levar um tiro na cara?

Você já encarou um morto, já notou que parece outra pessoa? Alguma coisa muda quando a alma sai. Só que Gordo, estatelado, espaçoso como sempre foi, não mudou nada, nem depois de um tiro na cabeça. Era Gordo estirado, dava para ver o sorriso canalha, ali no cantinho da boca.

E o baile rolando como se nada tivesse acontecido. E foi aí que aconteceu. O sangue escorrendo secou, drenou, do nada. Ficou só a mancha vermelha, um barato louco, tinha que ver. Eita porra, tiozão! De repente a bala foi expulsa, bateu no concreto e fez barulho de metal. Gente, que maluquice é essa?

A BOCA DO MURO

Nina queria saber. Esmagada, a bala virou tipo uma moeda. Foi isso mesmo que você leu. O projétil não entrou e na sequência foi expulso. Por quê? Como? Não sei, truta. A vida é louca, você desacredita.

Ao lado do corpo, Negazul embolsou a bala, no caso a moeda de chumbo, como se fosse de ouro.

E Gordo empurrou o concreto e sentou. Pode botar uma fé. E nessa hora ninguém entendia e todo mundo falava. Meu Deus do céu! Caralho, tio! CARALHO, QUE PORRA É ESSA!? Gordo de perna aberta, sentado que nem criança na beira da praia. Zumbizando. Meu Deus do céu! Gente, que maluquice é essa? Meu, tá vivo? Gordo de boca mole. Ele não respondia, balançava e babava. Gordo, tá bem? Ainda sem resposta. Gordo!! Tá ouvindo, mano!? Ele cortou o fio grosso de baba com as costas da mão. Foi. Foi o quê, meu? Sabe onde tá? Sabe o que aconteceu? Gordo meio lento ainda, bobolhando respondeu. Tô, tô sim. Tá o quê, tio!? Mano, que porra era aquela? Acorda, meu! Acorda, Gordo, olha para mim! Sabe o que aconteceu? Sabe onde tá? Sei, a gente veio pegar um baseado, né? É, mais ou menos. Tá bem? Tô bem.

Gordo levantou. Encarou Vareta. A brisa do traficante passou na hora. Certeza, pode escrever. O desgraçado saiu correndo e tropeçando e pedindo desculpa. Todo torto, todo errado. Cuzão! Os ALKIMISTAS apanharam da polícia, da playboyzada, da bandidagem. Se pensar bem, eles apanhavam todo dia, mas agora iam bater. Tiro, porrada e bomba.

Só os ALKIMISTAS na Boca do Morro. E o Baile lá longe nem aí. Novinha saliente, se joga na gente. Vem com o bum bum, tam tam. Vai com bum bum. Delícia, esse baile tá uma uva! Gordo espertou de vez. Aí, vamo tomar uma saideira no Fechanunca? Como é que é? Só podia ser piada. Era sério aquilo? Negazul também queria saber. É sério isso!? Gordo não respondeu. Bonito fungava, acelerado, batucava. Respondeu por ele.

Demorou, tio. Tá maluco, Bonito? Gordo, ficou doido também? Não sei como você não morreu, sei lá que porra foi essa. Milagre? Quer fazer tudo de novo, é? Não, mano. Só tomar uma saideira, de boa. Todo mundo calado. Gordo sorridente. Mas, aí, vou te falar uma coisa, eu faria tudo de novo. Meu, tá doido? Bonito foi no embalo. Tio, é o seguinte, vou te falar uma outra coisa ainda, eu farinha tudo de novo! Riram todos, e um pouco foi de nervoso. Daí, vai saber por que motivo, Negazul sacou a lata de spray e foi chacoalhando ela na direção do muro. Bola de gude batendo no alumínio. Barulhinho bom. Negazul fez uma pausa na frente do muro e foscou ALKIMISTAS * NOITE, então ela mandou um novo dizer na Boca do Morro, FARINHA TUDO DE NOVO!

QUEM APANHA TAMBÉM BATE

Começou o ataque, e a primeira porrada vai certeira, na Oeste. Foscando desde a Vila Jussara, no extremo da Leste. Eles avançam sem dó nem piedade. Quem? Pensa numa grife abusada, arregaçando. Quem? Como quem? Os ALKIMISTAS, claro, bem na testa do Céu Jambeiro, ADVINHA DOTÔ QUEM TÁ DE VOLTA NA PRAÇA? Eles tomam a Radial sentido Centro. BANDIDOS * VÍTIMAS * REFÉNS. Seis quilômetros até Itaquera. XARADAS * XEROX * XUIM. Uma quebradinha gostosa de andar, parede alta no canteiro central, boa para fazer rabisco. O terreno vai subindo de pouco em pouco e vira um planalto, a periferia alastra na paisagem e desponta o Itaquerão lá na frente, daí você curte a vista porque ninguém é de ferro e porque horizonte em São Paulo é mosca branca, tem que aproveitar. Pena que não tinha lua. Não tinha lua, mas tinha rolê.

Pixador é foda, mano, um sabadão cinza e preto, pouca gente na rua, e os ALKIMISTAS naquele faniquito. Nina comentou de um prédio ali perto, dá uma pegada boa, é só planejar bem. Como é que é, Nina, conta essa história direito. Meu, gostei! Vamo lá? E lá se vão.

Chegaram. Um prédio azul, atrás da Radial, pertinho do estádio. Os ALKIMISTAS debatem como vai ser, como não vai, olhando para cima. Daí, na mesma noite, sem pestanejar, sem planejar, sem porra nenhuma, porque sim, uma escalada.

Nina ia filmar, divulgar. Manjava de rede social, de like. Ela atravessou a rua para enquadrar melhor.
Um pneu cantou lá longe e Bonito já se viu em riba da motoca. Certeza neguinho dando perdido em gambé. Fez careta. Eita! Os ALKIMISTAS riram. Vem, Bonito, deixa de palhaçada! Gordo chamou no pezinho. Bonito disse que não. Precisa disso, mano? E largou celular, carteira, chave. Colocou a lata entre a calça e a cueca, na parte de trás. Tomou distância, correu. Acaba não, mundão! E pulou, grudou no concreto. Com o tênis pendurado, Bonito empurrou a marquise para baixo, o músculo chegava tremer, pensa na força que o esquisito fez, só que o bichão era zica, NEM SUOU, NEM ME VIU, JÁ SUBIU.
E o prédio era o seguinte, tinha um comércio no térreo, que era um bagulho de vender ração, e tinha uma marquise no primeiro andar, de onde Bonito vigiava o movimento. Duas janelas em cada andar, eram dez andares. Não tinha muito prédio na região, então ele dava um destaque bom.
Gordo fez pezinho, Negazul deu impulso e agarrou o beiral, Bonito agarrou a mão da alquimista e já é, os dois na marquise. Pupila dilatada, a mão numa friaca, a boca uma secura. Adrenalina é vida, se cai uma agulha no asfalto você escuta, só quem é sabe. E quem sabe, gosta. E QUEM GOSTA, GOSTA. QUEM NÃO GOSTA, NÃO CONHECE. Pronto. Foda-se. Falei.
Do lado de cada janela tinha um ar-condicionado, só pisar no concreto e usar como escadinha. Depois emborcar na soleira, ficar de pé na janela, trepar no aparelho que fica no andar de cima e repetir o processo até o topo. Negazul e Bonito iam subir até a décima janela, a última, e descer pistolando um de cada lado, sem pé nas costas, na calada e na vontade. Trocaram ideia rapidamente, quem ia fazer o quê, e como, e tal, e pau no gato.
Quarta, quinta, sexta janela. Subiam. Suor. Músculo quente, o corpo todo quente na real, tipo uma febre. O segredo é usar a perna, tem nego que faz muita força no braço, e quando é assim o cara pede

arrego no terceiro andar. Também, quem aguenta? E tem o medo, né? Quanto mais sobe, menos barulho. Só você e Deus. E a primeira vez no topo? Aquela coisa ruído, vento e silêncio. O bagulho até arrepia, ó. E tem mais, não é só coragem. O mano tem que escalar e ainda tem que fazer o pixo dele na altura certa e na largura certa. Aí tem que, se esse vândalo fizer o trampo dele bem certinho, se ficar régua, aí sim é arte. ARTE COMO CRIME, CRIME COMO ARTE. Décima janela, finalmente. Cansa, né? Cansa, meu! Nossa, tô destruída. Bonito enxugou o suor do bigode, que era muito fino e bem-desenhado. Nega, tô precisando dar um tapa na juba. Como tá o salão amanhã? Tem horário às quatro. Vou tá encostando. Pode encostar. Negazul secou a testa e acendeu o beque. Tragou, prendeu a fumaça e jogou para lua, que nem uma loba. Meu, boazinha essa maconha, né. Boa, né? Peguei na Boca do Naíde. Tá forte, tá cheirosa. Negazul apagou o beque e guardou a ponta. Vambora? Bonito nem esperou resposta, desceu rasgando a lateral, B
                O
                N
                I
                T
                O. Ficou chave, dá até orgulho. Negazul foi quase na bota, mas antes ela puxou um canetão do bolso e desafiou pequeno no alto do edifício, QUER? VEM PEGAR! Daí fez uma selfie. No fundo o dizer e a cidade monstra, na frente um sorriso enorme. Ela desceu arregaçando com tinta preta A
                        L
                        K
                        I
                        M
                        I
                        S
                        T
                        A
                        S. Eita!

Gente, nem vou falar nada, o bagulho tá régua! E deu para filmar tudo, ó. Nina gritava e atravessava a rua com o celular na mão. Gente, olha que coisa mais linda! Olha! Na calçada, a felicidade tomou conta dos ALKIMISTAS, cumprimentos e abraços, UM POR TODOS E TODOS POR SP. Ainda faltava chão para a pegada daquela noite. Ei, rapa, vamo vazar? Bonito disse calma aí. Pegou de volta celular, carteira, chave. Meteu a mão no bolso e puxou um pino, jogou um pouco da farinha em cima da carteira, bateu ali mesmo, na caruda, bem debaixo do poste, bem destaque. Meu, tá vacilando! E se me passa uma barcona? E aí, como a gente faz? Bonito segurando a nota de dois reais. Da nada não, tiozão! E aspirou com força. O pó subiu queimando a narina, Bonito sentiu logo a porrada, a dormência na cara, o dente vira cristal, gostoso de passar a língua. E o coração num baticum louco.

Negazul não gostava de cocaína. Bonito engoliu saliva, sentiu amargo. Como não, tiozão? É, meu, o barato passa rápido, você fica paranoica, nem curte. A brisa dessa droga é usar mais droga, tá ligado? Vamo mais um? Ei, vamo outro? É assim, o negócio é bruto. Bonito passou a mão no bigode, pensativo. Discutiam e tome tinta! Grade, NOITE.

Para, tio, cada um cada um, para mim maconha nada a ver, você fica todo molengão, bobão, desprotegido, lento, comendo que nem um maluco, CÊ É LOKO. Poste, BONITO.

Meu, você não sabe o que tá falando, essa larica é boa demais. A comida fica muito mais gostosa. Essa é a parada da maconha: o que já é bom, fica melhor. Comer, fuder, dormir. Agora você pega cocaína, o cara não dorme, não come. Tem maluco que desaparece não sei quantos dias por causa dessa porra, tem gente que nem volta. Nina coçou a cabeça. Pode crer, Nega, quebrou tudo! E lançou na mureta, ANGÚSTIA.

Gordo resolveu contribuir. Casa, GRAJAUEX. E digo mais, eu prefiro maconha, só que a pior de todas as drogas é o álcool:

a mais cara, a brisa mais fraca, e você ainda passa mal no outro dia. FALA MENOS, PIXA MAIS.
Portão, ALKIMISTAS. Era melhor continuar falando. Calada, Nina só pensava no pai. Mandaram ele para casa, arrancaram dinheiro sei lá de onde para colocar um leito de hospital no meio da sala. Dizem que quando o paciente vai para casa é porque tá nas últimas. Bonito vai e me solta dessas, vê se pode. Gente, mudei de ideia, é melhor não falar nada. E tome canela. BALÃO * ATRASO * CAOS. OS IMPRUDENTES * OS INFERNAIS * OS CURURU. Murão verde lá no Tatuapé, SE BEBER VOLTE PIXANDO.

Parada no Brás. Um armarinho. Gente, morri. Essa eu quero. Demorou, nóis que voa. Um breu, mano, um breu. Sem lua e sem luz, EU VEJO TUDO E NINGUÉM ME VÊ. Predinho quadrado, janela alta, porta sem grade. Subir como? É ali o crime. Uma caçamba no muro de trás. Treparam nela. Pezinho. Contornaram o beiral, chegaram na fachada. ANGÚSTIA * NOITE * CADÊ A LUA? Negazul queria saber. Pegaram a lateral na volta, ALKIMISTAS * BONITO.

Sentaram na calçada do outro lado da rua só admirando o pico, suave na nave. Queimar um? Trocaram ideia. Pixo, rap, lambe, busão, lata, borroco, tag, motoca, bico, rolê, quimioterapia. Ei, passa a bola, Romário. Fumaça vai, fumaça vem. E o seu Topete? Putz, gente, o seu Topete vai muito mal. Mas ele não voltou para casa? Voltou. Mas eu nem devia tá aqui, ó. Se liga, Nina! Deixa eu ver esse vídeo aí que eu ganho mais. Nina postou na rede social, #rolezinho #alkimistas, e o barato ficou pesado, viu. INSÔNIA OU INSANIDADE? Vazar?

Iam com fome e sem miséria. APAVORO * KKD * NNT * PESADOS * BONITO * NOITE * ART * TRÁFICO * GARRA * LEGAIS * FOBIA * GRAJAUEX * DIVINAS. Chegaram ao Terminal Parque Dom Pedro II. ALKIMISTAS * ANGÚSTIA * COWBOYS * ATENTADOS * TROPEÇO. Largo do Arouche.

Rabiscando da Leste à Oeste, com destino certo. Um muro de São Paulo, conhecido dos nossos heróis, berrava ALKIMISTAS * GRAJAUEX * ANGÚSTIA * NO, um grito interrompido. Pode isso? Pixador que é pixador termina o trampo, dá seu jeito. E segura, segura que eu quero ver. A parede comprida, não faltava espaço nem disposição. No Sumaré, perto daquela ponte onde neguinho faz rapel e se mata. A guarita abandonada de um lado e o poste do outro. Tenho certeza que foi esse bico aí que chamou a polícia. Esse da casa em frente, né? Pode pá. E Negazul cabreira, claro, Bonito também. Olho na nuca, os dois. Na moral? Já tinha passado da hora de terminar o corre. Aí sim, completinho, ALKIMISTAS * GRAJAUEX * ANGÚSTIA * NOITE * BONITO * PIXAR É UMA DELÍCIA E PAU NO CU DOS POLÍCIA. Amizade além da tinta. Saideira no Fechanunca? Quem segurava os ALKIMISTAS? Quem? Diz que em São Paulo não existe amor nem magia, pode ser que não. Vai saber. Só sei de uma coisa, tiozão, quem sai por aí trepando em muro e rabiscando depois de um tiro na cabeça? Quem? E foi justamente o que aconteceu. Demorou então. Saideira no Fechanunca.

Super-Homem

Pegaram a 23 de maio. Avoados, olhando para cima. TEGUI * TCHENCHO * TRAPOS. LOUCURA * POBREZA * INSÔNIA. ABISMO * VÍCIO * FÚRIA. Pé doendo, rolê forte, caminharam para caralho. Nina arrancou o tênis e fez uma massagem no pé. Gente, que delícia. Deram sinal. Nina calçou o tênis. Desceram na Sul, no ponto do Fechanunca. Entraram, sentaram. Negazul escolheu uma música suja e asseada, para combinar. Gordo balançando a pança e a cabeça, em ritmo de festa. O volume tá baixo, Bahia. Vamo dá um grau? Bahia, de rabo de olho. Macho, esse Gordo tá ficando surdo. Vou te falar uma coisa, Bahia, eu sou tipo o Super-Homem, tá ligado? Eu escuto é tudo! Surdo nada não, hoje é dia de festa. Aproveita e desce uma, por favor, daquele jeito, mofada. Bahia limpando a mesa. Fez uma pausa, aumentou o volume.

Super-Homem, tio? Para, né, se fosse pelo menos o Batman. Como é? Todo mundo acelerado, floquinho, falante. Nem vou falar do Homem-Aranha porque aí não dá pro cheiro. Como é que é, Bonito? Que conversa é essa? É, tio, o Super-Homem é todo quadrado, aquele cabelinho. O Batman pelo menos é maluco, e já ganhou do Super-Homem. Quê? Não tem como ganhar dele, mano. O cara voa, solta raio pelo olho, é forte para caralho. Negazul incomodada. Meu, nada a ver essa conversa de herói. Foi Nina quem emprestou o gibi para Bonito. Gente, o Batman ganhou mesmo. Ganhou porra nenhuma! E tem mais, o Batman é gay. Gente, é óbvio e não tem nada a ver. O Batman é gay e desce a porrada em todo mundo. E ganha de qualquer um. Tipo que nem o Madame Satã. Quem!? Riram todos. Negazul se atacou. Meu, mudar de assunto? Nada a ver esse negócio de herói. Gente branca, bonita, com dinheiro. Para, né. Super-Homem é outra fita, se existe mesmo é outra fita, é a pessoa menor, a mais fraca, a que se fode todo dia, que luta para sobreviver, que nem bicho, tá ligado, essa pessoa é o Super-Homem na real. Pode crer, Nega. Quebrou tudo. De novo. Mas o Batman é melhor! Aí, foda-se o Batman, foda-se o Super-Homem! Eu sou GRAJAUEX, terror de todas as quebradas! E bateu na mesa. Bahia chegou bem na hora com a cerveja. Macho, esse Gordo tá ficando é doido, isso sim. Riram todos. Vai se ferrar, Bahia. Macho, olha o respeito! Lá na minha terra a gente manda capar por menos. Bahia na verdade era do Ceará. Baiano não fala assim, não fala "macho". Presta atenção que palavra mente. Ó a ideia!

Vareta entrou no Fechanunca, uma fita cabulosa, vai vendo. Bahia voltou para trás do balcão. Vareta e Gordo não se trombavam desde aquela noite na Boca do Morro, já fazia uma cota. E todo mundo sabia a história, corria à boca pequena.

O bagulho alastrou, vixe. Sangue no concreto, pixação no muro. O corpo, cadê? Diz que um mano ressuscitou lá na Boca do Morro. Quem garante? Nego diz que aconteceu, mas não viu. Diz que um maninho viu e não foi bem assim. E nessa de que aconteceu e não viu, e de que não foi bem assim, e não sei o quê mais, nesse burburinho torto do caralho, em vez de comer capim pela raiz, Gordo bateu na mesa e pediu um x-tudo. Não era pouca coisa, nem fudendo. E traz a pimenta, por favor, aquela da garrafa de Coca.

Que seja. O negócio é o seguinte, não iam dar boi para ninguém. Só que a treta miou. Gordo fez avisar. Mandou avisar todo mundo. Negazul também. Bonito, Nina. Mesma coisa. E essa conversinha de milagre nenhum alquimista confirmou. Também não negou. Vareta da parte dele fez a mesma coisa, mandou avisar que o assunto morreu. E não se fala mais nisso e não se falava em outra coisa. Depois parece que o bagulho miou mesmo. Outros assuntos. NA QUEBRADA TEM UMA POESIA DE COISAS ACONTECENDO, só não vê quem não quer.

Gordo e Vareta, os dois de cara amarrada, um clima tenso da porra. Pensa. Bahia, o cara mais gente fina desse mundo. Macho, vamo ficar na paz? Um encarando o outro. Vai dar ruim isso aí. Ei, macho, vamo respeitar o bar? Acabou que os dois se cumprimentaram. Bahia, o cara mais respeitado desse mundo. Vida que segue. Graças a Deus.

E foi aí que deu merda, Nina levantou a cabeça do celular. Gente. O quê? Gente... O quê, mulher?! Fala! Gente, meu pai morreu. Assim, do nada, a notícia foi tipo um escorregão. E eis que a felicidade do rolê caiu em cima deles. PLOFT! Transformada em outra coisa. Pesada, gosmenta, fedida, verde. Puta que pariu, que nojo, que raiva.

Ei, mano, seu Topete morreu. Que saudade, na moral. E o luto é embaçado, é louco e o processo é lento. Primeiro, entra uma lança no seu peito e arranca um teco, você não vê, não entende, mas dói que só a porra. E demora, viu. Depois machuca quando você lembra. No feriado, daí no outro feriado, então quando você come aquela lasanha, vê aquele filme. E o luto começa na hora, mano, no choro, sem massagem.

A morte morrida alcançou os pixadores afinal. Seu Topete foi embora. Para onde? Não sei, mulher, não sei. Para onde, Nega, para onde? Não sei, Nina, para um lugar melhor. Tem certeza? Negazul não tinha certeza, ninguém tinha. Bahia e os ALKIMISTAS abraçaram Nina, oferecendo pêsames, ajuda. Só Vareta não abraçou Nina, saiu meio que rindo aquele cuzão. Então, como é que fica, a treta miou de vez? Numa hora dessas, quem liga?

Nina e Gordo chorando. Negazul se aguentando. Ia dar apoio, razão. Ao telefone, Bonito falava com a mãe de Nina. Que vão fazer? Bahia disse para acertar depois, que fossem para a casa da viúva, dar uma força. Nina, no que precisar, é só falar. Olho ardendo. Negazul foi até o banheiro. Cheiro de urina e cândida. No espelho, o lábio de Negazul tremia. Atrás dela, a parede era uma agenda todinha. Um sticker que Nina colou, vários pixos e aqueles anúncios de banheiro. Uma gritaria. ROSE GAÚCHA. ORAL ANAL E BEIJO GREGO. 3573 – 8967. Negazul considerava seu Topete um amigo. VILÕES * VINGATIVOS * VÍRUS. Pensou nos amigos que ainda perderia. TORTURA * MEDO * FANTASMAS. Aí não aguentou, foi lágrima, soluço, ranho. Enxugou com a camiseta. AMAI-VOS UNS SOBRE OS OUTROS. Anúncios. BABI. GOSTO DE CHUPAR. 3376-8765. Escorregou com as costas na parede. TRIBUTO * TROMBADAS * VERMES * XARADAS. De cócoras, enfiou a cabeça entre os joelhos. ROGER MORENO. 18 CM. ATIVO E PASSIVO. 3452-6247. DOU E COMO GOSTOSO. Cansou, levantou. CASAL PROCURA CASAL, BEM DOTADO E SAFADINHA. 3398 – 1609. Viu a cara inchada no espelho. Ao lado da moldura, apertado no cantinho da parede, CAPITALISMO: VC COSPE OU ENGOLE? Outra letra respondeu embaixo, COMUNISMO: VC COSPE OU ENGOLE? Negazul revidou com outra pergunta ainda, VIDA: VC COSPE OU ENGOLE?

TE ENCONTRO EM CADA CIGARRO

O enterro foi no domingo. Encostou parente, amigo e conhecido, uma falação do caralho. Pensa numa agonia viscosa, meu truta, e numa respiração pesada, aquela modorra. Tudo em câmera lenta e triste. E a tarde bonita parecia piada de Deus, se vacilar era mesmo. Um sol laranja, descendo devagar, a coisa mais linda. Nina para morrer, grudada no chão, a vida pesando em cima. Nego diz também que foi provação, sei lá. Quem tem boca fala o que quer, não é mesmo? Faz o seguinte, quando morrer o seu pai, você troca ideia comigo.
E tem mais, tiozão, cada etapa é um prego. Você vai reconhecer o corpo, daí uma ponta entra na pele, raspa no osso e acaba no meio da costela. Aquele amigo te abraça, daí uma ponta entra pela clavícula e o sangue escorre, o braço perde a força. Prego, prego, prego. TEI! TEI! TEI!
Na hora de fechar o caixão é outra desgraceira; choro e cada passo até a cova é uma tonelada. O pastor pergunta se alguém tem uma última palavra. Não era só a última palavra, tudo era último, imagina nunca mais foscar, nunca mais (no alto de um prédio) sentir o vento na cara, nunca mais sentir o cheiro da pessoa que você ama, nunca mais nada, tudo era último. O pastor agradeceu a fala desesperada e disse vamos fazer uma oração, a única que Nosso Senhor Jesus Cristo ensinou. Pai nosso que estás no Céu, santificado seja o Teu nome, venha

a nós o Teu reino, seja feita a Tua vontade, livra-nos de todo do mal, amém. Jogam terra no pai de Nina, a pior parte. Morto e enterrado. Até quem não era de chorar, chorou. Que saudade do seu Topete, na moral, QUE DOR DA PORRA! Vai todo mundo embora e fica só a família, um alívio tão rápido que quase não dá para sentir. No caminho Nina logo percebe o vazio de seu Topete, e ela chega em casa e ele não está nem nunca mais estará, depois Nina sentiu o cheiro do pai na marcenaria, só que pode ter sido imaginação, vai saber.

Assim, de dor em dor, de sol a sol, Nina foi desistindo. E não colava mais no sarau nem no slam, desenhar não desenhava, entristecendo, desanimando até que largou o rolê. Falou que não, não quero mais, não adianta, nada muda. Só negação. Na rua era total civil, e não fazia mais pixo, nem lambe, nem tag.

Os ALKIMISTAS ligaram, mandaram foto de rolê, o caralho. Nada. Às vezes ela nem respondia. E isso fazia coisa de três meses. Foda, né? Aí não pode, tem que dar um basta nessa fita! Ou Nina sai daquela cama hoje, ou Nina sai daquela cama hoje. Foi todo mundo na missão, em carne, osso e malandragem.

Meu, vai ser daora, vamo! Negazul na frente, Gordo e Bonito atrás. Negazul insistia. Vamo, mulher! Nina enrolada no cobertor. Cabeça feita. Gente, pra quê? Me fala, pra quê e pra quem? Pra nóis, Nina! NÓIS POR NÓIS! Porra, nem parece a Nina que eu conheço. Vandalismo!! E bateu na veia do braço direito. Negazul era canhota, claro.

Gordo também tentou. Ó, Nina, se você for, eu prometo uma surpresa. Que surpresa, Gordo? Tipo uma ação, Nina. Gente, como assim? E dessa vez vai mudar tudo, juro para você. Que conversa é essa, Gordo? Eu ganhei a senha da cidade. Como é que é? Endoidou de vez, foi?

A vez de Bonito. Tem mais, Nina, hoje é aniversário do Gordo. Mancada se você não for. Hoje é dia de maldade!

Gente, não. Vou procurar um trampo, ajudar minha mãe com as contas. O chicote vai estralar aqui em casa, acabou a moleza.

Nina também morava em quebrada, frequentou escola pública e teve aula vaga de matemática, só que a caminhada dela tinha sido a melhorzinha, verdade seja dita. Morava em um sobrado grande, de esquina. Seu Topete foi marceneiro conhecido. Ganhava bem. A primeira casa da rua que teve carro e garagem.

Aí você tá tirando, Nina, porque boleto nunca foi motivo pra ninguém largar o rolê. Todo mundo aqui é de quebrada igual. E você devia saber: a rua é mais que isso. Bem mais! Nina balançou, mas não caiu, foi então que Negazul apelou. E, ó, além da surpresa a gente vai fazer um borroco. Pronto. Falei. Um borroco, Nega? É, um borroco.

Já era. Pode ter 20, 30, 50 anos, vê um murinho tranquilo e favorável, sente aquela ânsia, a boca do estômago mastigando tudo, aí não aguenta, ANGÚSTIA. Rabiscado e registrado. LOCALIZE SE PUDER.

Pixador não para, pixador dá um tempo. Mas diz também que Nina só aceitou ir naquela pegada porque era aniversário de um alquimista e era feriado e ainda prometeram, além do borroco, uma surpresa. Uma fita que vai mudar tudo, Nina, que vai botar para fuder. Gente, tá bom. Vocês tão insistindo muito, então eu vou. Quero ver se o rolê é tudo isso. PIXADOR SÓ PARA SE A PIXAÇÃO PARAR COM ELE. Pixador é foda, mano.

LETRA APAGA AMIZADE FICA

E foram para a casa de Gordo, que morava no Jardim Zilda, uma quebrada de muita ladeira na região do Grajaú. A Escola no alto de um morro, mais para baixo a Padaria e o Mercadinho. No outro canto da vista, a Rua da Feira se encontrava com a Rua da Baile, as duas ouvindo o som de uma cheveteira tunada, sambinha de raiz e de responsa. Os ALKIMISTAS desceram do busão em frente ao Açougue, um cara vestido de palhaço anunciava o quilo da alcatra. Rua abaixo passaram por uma lan-house e por PATOS LOKOS. Depois Lojão do Braz, despachante, GLÂNDULAS, terceira à direita. No caminho, VÍBORAS * CANIBAIS.

Portão baixinho. Do lado, uma oficina mecânica. O proprietário vivia na primeira casa e alugava as demais. Na frente de cada porta, um tanque e um varal. Dependendo do vizinho, planta, passarinho, cachorro. À medida que você desce, menos luz, mais umidade. A casa do alquimista era a última do quintal. Um cheiro esquisito, tipo um mofo, misturado com fritura e baseado.

E os ALKIMISTAS de boa na lagoa. Uma dúzia de cores e um monte de ovo. Gordo enrola o segundo Marlboro Verde. Negazul tira a ponta da casca, a gema e a clara. Bonito entorna tinta na casca vazia e fecha com durex. Nina no fogão, omelete. Negazul pediu a dela com mais pimenta, a de Bonito com mais queijo, a de Gordo com mais tudo.

Quando seu Topete morreu, Gordo teve a ideia, não falou nada para ninguém, mas já começou a guardar sobra. E a ideia rendendo, insistente na cachola. E se a gente fizesse um borroco em homenagem ao seu Topete, mandasse um recado para a morte, num lugar de muita visão? Três garrafas de cerveja. Fumaça. Sonzinho gritando no celular. Mandei falar para não arrastar, não botaram fé, SUBIRUSDOISTIOZIN. O barato é louco e o sol tá de rachar, todo AZULÊ requer seu REJUNTIN. Pleno domingão, FLANGO, MACALÃO, se o negócio é BÃO, cê fica CHINEZIN. Licença aqui, PATRÃO, eu cresci no MUNDÃO, onde o filho chora e a mãe não vê. Dona Flor chegou interrompendo a melodia. Os ALKIMISTAS não esperavam que fosse tão cedo. Bonito dançava com o aparelho na mão. Parou e abaixou o volume. Meu Jesus, o que é isso?! Gordo respondeu arte, vó. Que conversa é essa, menino? O Gordo tá brincando, Dona Flor. A gente tá fazendo uma festinha. E que cheiro é esse, minha filha? Que cheiro, vó? Sentindo nada. Gordo, olha o vacilo! É o tempero, Dona Flor. É orégano, vó. Porra, olha o vacilo, mano!

Gordo foi criado por Dona Flor, mimado como um bom filho de vó. Bolinho de chuva, macarrão com bacon, bolo de fubá. Primeiro não falava muito dos pais, e depois os ALKIMISTAS deixaram de perguntar. Meu neto, trouxe uma lembrancinha para você. Ganhou de aniversário uma camisa azul estampada e chamativa, bem a cara dele.

Dois cômodos embaixo e um puxadinho cm cima, onde Gordo dormia. A última casa tinha o problema da umidade, mas também tinha esse quarto extra, um pulo adiante. A escada de ferro, tipo caracol, ficava ao lado da pia. Tudo apertadinho. Na mesa, uma toalha colorida. Um armário rosa na parede do fundo. Na sala uma TV, uma poltrona e um sofá-cama. O único quadro da casa era uma pintura de Jesus, um mano louro e de olho azul. Vou nem falar nada. O único livro, a Bíblia.

Oi, minha filha! Tá melhor? Dona Flor beijou Nina no rosto e abraçou ela com força. Ninguém mais aguentava aquele assunto de morte, melhor mudar o rumo da prosa. Meu Jesus, que bonita essa comida! Nina cozinha bem demais, nem te conto. Omelete, Dona Flor! Quer uma? E despejou quatro ovos numa tigela, começou a bater, e riu maroto. A senhora demorou muito para responder. Dona Flor foi até Bonito e Negazul, os três se abraçaram ao mesmo tempo. Bonito fez uma graça qualquer. Negazul, coração mole, ficou emocionada e beijou Dona Flor no rosto. O que você colocou nessa receita, minha filha? Nina respondeu noz-moscada e um segredo. Nóis-quem!? E onde você arrumou isso? Gente, me respeita, eu sou alquimista! É quem? É mesmo! Meu Jesus, que delícia! E, meu neto, eu quero saber que arte é essa que vocês tão aprontando. E apontou as bandejas com cascas coloridas. Dona Flor, isso aí foi um ricaço que chamou a gente para um trabalho, Nina disse também que era arte de rua. Dona Flor botava fé em Nina, que era cheia de inventar e muito sabida. E é, Nina? É, Dona Flor, a gente vai tacar esses ovos numa parede para formar uma imagem, tipo uma afronta colorida. Só que aí foi demais na piada, Dona Flor só parecia boba.

Como é que é!? Nina, eu sou velha, mas não sou burra. Eu sei o que vocês fazem à noite, e ainda por cima na parede dos outros. A casa caiu. Tem mais, eu quero saber que cheiro é esse! Vixe, a porca torceu o rabo, a sorte é que Bonito foi ligeiro. É O CHEIRO DO AMOR, DONA FLOR!! E já emendou um feliz aniversário, meu truta! E Deus salve o rolê. E o Gordo! E Dona Flor não teve tempo de retrucar, e também perdeu a vontade. Deixa o menino brincar, não é mesmo? Dona Flor fazia muito gosto e achava muito bonita a amizade deles, a real era essa. Brindaram, se abraçaram. Nina e Negazul beijaram Gordo na bochecha. Devoraram a omelete, secaram a cerveja. Portão afora.

Cidade linda

Pegaram o Terminal Grajaú e foram pela Dona Belmira Marin. Uma via estreita, importante, principal e periférica, direto e reto engarrafada. Comércio: Casas Bahia, Bradesco, Autopeças. Uma porrada de pixo, claro, RISCOS * RABISCOS * RASGOS. Lotação, churrasquinho. De um tudo ali. ÁCARO * ÍCARO. No sentido contrário passa um golzinho rebaixado, funk no talo, vidro balançando. Depois uma motoca rasga entre os carros, escapamento pipocando. Bonito se empolga. Eita, eita! Negazul, cansada do abuso, mandou nas costas do banco: EI, MANO, FECHA AS PERNA! RESPEITA AS MINA!

Os ALKIMISTAS desceram no ponto final. Pleno feriadão, gente para caralho fora da cidade, e o Graja como? Lotadão! Família que só a porra levando criança e sacola, nego esbarrando um no outro. O cheiro forte do terminal misturava pão de queijo, fumaça de ônibus e óleo de trem. E esse aroma gorduroso suspenso no ar, quase bloqueando a passagem.

Os pixadores encostaram na fila e subiram no Terminal Princesa Isabel. O busão foi que foi pela Teotônio Vilela, Adolfo Pinheiro, Interlagos. RANHOS * REMELA * RELENTO. Aos poucos a cidade fica mais vertical, aos poucos os carros ficam mais novos. A pele, mais branca. O rosto, menos sofrido. E eis que os ALKIMISTAS se tornam feios, sujos e malvados, naturalmente suspeitos. DESVÁLIDOS * DESTROÇOS * DESDÉM. SUPERIORES * EXECUTORES * OS FODAS * OS BACANAS.

Desceram na Praça Dom Gastão, ali no final da Santo Amaro.

Carregavam duas sacolas bem largas. Em cada sacola, uma caixa de ovo. Em cada casca, uma cor. O ataque era para ser de noitinha. E foi. A lua chegou cedo, sorrindo. E eles vão na canela. Nina coçando o dedo, dançando meio descontrolada, esqueceu um pouco do pai, já pensando na gravação e no enquadramento. Pouco carro, pouca gente, perfeito para dar fuga. Ei, mano, olha lá! HOTEL À VISTA. O Hotel Unique não tem lança, nem grade, nem nada dessas porras onde maloqueiro se estrepa, só que o bagulho incomoda. Rico. Parece um barco gigante. Europeu, conquistador. A frente dele dá na Avenida Brigadeiro Luís Antônio. Uma leva de segurança em volta, mantendo cada um no seu lugar. E qual era o esquema? Gordo já tinha dado a letra, urubu fica tudo amontoado do lado direito do prédio, ali nos fundos da Escola Panamericana de Arte. ARTE? Fica vigiando o estacionamento, tal, a área de entrega. Já do lado esquerdo, onde tem uma parede meio retorcida (também diz que é arte), não tem nada, nem vigilância direito. A única câmera fica escondida bem nos fundos, na entrada de funcionários. É ali o canal. Ó, tem outra coisa, dessa vez a gente não pode aparecer no vídeo, senão esses playba vêm tudo atrás de nóis, o negócio é sério. Gordo sacou umas máscaras de proteção que arrumou no trampo. Material vagabundo, descartável, mas cobria o nariz, a boca e um teco da bochecha. Metesse um boné e já era, nem me viu.

 Quebraram à esquerda, um pouco longe da pegada para não dar guela. Rua vazia de playboy. Duas casas para alugar, dava para ver que eram usadas como comércio. Na outra esquina, um condomínio de cada lado, o primeiro com cerca elétrica e o segundo com arame farpado. Vai pensando que a cidade é sua. Você mora atrás de grade, otário!

 Quebraram à direita, dando a volta no quarteirão. Colocaram as máscaras, os bonés. Rua larga, comprida, bonita. Meu, por que só bairro de playboy tem árvore? Também queria saber, Nega.

Qual o problema com a gente? Por que meia dúzia de fulano tem as coisa tudo?

Nina queria diversão. Gente, esquece isso. Eu quero saber de vandalismo, hoje é dia de alegria. É justo. É ou não é? E lá se vão. Direita de novo. Adrenalina subindo pelo estômago. Ei, mano, vamo já tirar o ovo da sacola para adiantar o processo? Vamo. Os ALKIMISTAS estão chegando. Nina correu na frente, ia registrar tudo na esquina do outro lado, na própria Brigadeiro, que era um canto mais perigoso de ficar, só que de lá você filmava a hora do borroco e a fachada do hotel, que era para vagabundo ficar maluco com a cena, pirar na rede social, #rolezinho.

Uma cartela de ovos na mão de Gordo, outra na mão de Negazul. Pelo arrepiado, ouvido atento, pupila dilatada. Eita, que delícia! Um prédio diferentão, tinha que ver. Parecia meio uma nave, uma melancia. Se moscar, um sorriso suspenso. Troço invocado. Um concreto curvo, flutuando. E o edifício tomava conta do quarteirão quase inteiro. Duas colunas sustentando esse sorriso voador, e o alvo dos ALKIMISTAS era justamente uma dessas colunas. Cinza.

Os ALKIMISTAS estão chegando, na encolha. E todo mundo esperto, porque alquimista é pedalada e não dorme no barulho de zé-povinho. Bem na frente o Jassa, um cabeleireiro de bacana. Até o Silvio Santos vai ver a nossa arte! E Bonito fungou e levantou a gola da camisa, todo cão, todo estiloso e desconjuntado. Entre o salão de beleza e o prédio, um morrinho de grama, o hotel ficava num elevado, para intimidar, para impor, tá ligado? Deram pique e subiram esse morrinho. A parede quadradona, altona, até onde a vista alcança, na cara deles. Os ALKIMISTAS chegaram.

Pousaram na grama os ovos. Tudo no jeito. Negazul no meio, ponta de lança. A essa altura o cabelo da pixadora já um afro considerável, volumoso e balançante, de respeito. Bonito

e Gordo, um de cada lado. Olharam para Nina lá longe, segurando o celular na altura do peito, disfarçadamente. Gente, tão esperando o quê? É verdade, ESPERANDO O QUÊ, MEU POVO? Os ALKIMISTAS jogaram o primeiro ovo e foi abaixa pega e taca, abaixa pega e taca. Crac, crac, crac. Crac, crac, crac. Verde, amarelo, roxo, azul, marrom, vermelho, branco. BORROCO É CARNAVAL! LUTO TAMBÉM É VERBO! Parede ficando linda. Satisfação arregaçar ali. Na moral, posso falar? Ninguém gosta de rico. Aceita que dói menos. E coisa linda é ver bacana em choque. Bagunçar a parede cinza. Uma pouca-vergonha, sei. Abaixa, pega e taca, abaixa pega e taca. CRAC, CRAC, CRAC. CRAC, CRAC, CRAC. Verde, amarelo, roxo, azul, marrom, vermelho, branco. EI, PATRÃO, VAI TOMAR NO CU!! Ih, fudeu! Um segurança no pique, gritando alguma coisa no rádio. Ainda não dava para ouvir. Nina desbaratinou sentido bairro. Ia chegar mais urubu, certeza. Nina mandou um áudio. Gente, a casa caiu, vaza daí. Vaza daí, agora! Os ALKIMISTAS nem lembravam do celular, entretidos. Até que o primeiro segurança apontou na vista. Ih, fudeu! Dava tempo, deram fuga. ESPERA AÍ, ESPERA AÍ! ESPERA AÍ, ESPERA AÍ! Urubu vindo seco, sangue no zoio, insistindo. Espera aí, espera aí! PARA! PARA! Se a polícia pegar, vai ser pior. Espera aí, espera aí! ESPERA AÍ UM CARALHO!
Nina, rata que era, já tinha dado fuga. Suave na nave. E os ALKIMISTAS no pinote sentido centro. O primeiro segurança na captura, mais dois chegando. Um taxista gritando. PEGA, PEGA, PEGA! Passou um busão bem na hora. Bem no ponto. Deram sinal. Entraram. Bufando. Zé-povinho tudo desconfiado. Bonito cafajeste. Boa noite, senhoras e senhores! Negazul feliz. Meu, adrenalina é vida! Gordo acenou e sorriu canalha. Salve! Lá para o fundo. Sentaram. Melhor descer e pegar outro. Desceram no ponto da Paulista. Mandaram mensagem para Nina.

A gente se tromba ali na Sé. Firmeza, sem novidade. Sozinha no outro buso, Nina repassava o vídeo. Ia postar na rede social. De repente, lembrou do pai. Doeu. Tentou ignorar. Não deu. Não daria nunca.

A LATA VAI REVIDAR

Nina postou o vídeo. E ficou chave, meu truta, coisa de um minuto só, mas mostrava tudo: um enquadramento meio diagonal, o Hotel Unique grandão na cena, e do lado esquerdo era abaixa, pega e taca, abaixa, pega e taca. Nina deu zoom, a cara coberta dos pixadores. #rolezinho #borroco #alkimistas.
 Nina desceu do busão na Praça da Sé, atrás da catedral. Vagabundo já no ponto, e o sorriso em ponto de bala, vai vendo. A risada de Gordo, canalha; a de Bonito, torta; a de Negazul, branca e desbragada. Eita porra! ALEGRIA. Você pode até ser feliz e não saber, ou até ser infeliz, mas a alegria, parça, ela transborda, não tem como.
 E por isso Nina um pouco menos triste. Gente, obrigada! Ainda bem que vocês insistiram. E calma que ainda não acabou, hoje é dia de point. Minha surpresa tá lá? É no point que a gente vai falar do plano. É séria essa conversa de ataque? Opa se é. Eita! E seguiram na canela.
 No marco zero da cidade, muito morador de rua, muita sujeira. HORROR * AGONIA * RAIVA. Que dó, que dor. FANTASMAS * FUNERAL * DESGRAÇA. Lojas Marisa, um sebo, uma loja de doces. COMPRO OURO, diz o homem-placa. Na Praça da Sé tudo é comércio. Lá não vende dinheiro verdadeiro, mas o resto vende tudo, é só chegar. Roupa, cigarro solto, cordel, droga, sexo, até amor verdadeiro. Pagando bem, que mal tem?
 A Catedral vai sumindo da vista, intacta como sempre foi. Pixador respeita igreja, não fosca. Na periferia geral é temente

a Deus, claro, falar que é ateu no ar condicionado é suave, quero ver acordar cinco da manhã, pegar o busão, ficar sem dinheiro no final do mês e ainda me chegar com essa ideia. Aí é que são elas. Truta, na moral, todo guerreiro acredita em Deus. E pode ser o tipo que for, SAMURAI * SOLDADO, atleta, motoboy, pintor de parede, mãe solteira. SOZIN CÊ NUM GUENTA. É fato.
Foram pela 15 de Novembro, a rua escura, a luz do poste é fraca, prédio colado um no outro. Uma mulher revira o lixo procurando resto de comida, resto de Coca. Na frente do Banco Safra, aquele puta cheirão de mijo. Negazul tapa o nariz. Meu, vamo acelerar que o bagulho tá tenso. No fim da rua, a BOVESPA, onde ficava o antigo pregão. Nina sacou a lata de spray. Aí, sim! Advinha quem voltou? ANGÚSTIA. E lançou no mármore, PARTE DO QUE PARTE FICA.
Um grave vem de longe, um bar com as cores da JAMAICA na esquina da São João. Os ALKIMISTAS estão chegando, e o baixo da regueira também. Cada vez mais perto. DUM. DUMM. DUMMM. DUMMMM. DUMMMMM. DUMMMMM. Bonito de orelha em pé, caçando. Nina no sapatinho, dançando miúdo. Gordo olha em volta. VADIOS * VAGAIS * VENENO.
Cigarro de cravo, narguilé, FUMAÇAS * BONG. Uma jovem beija o vinho no gargalo, limpa a boca com as costas da mão, passa a garrafa de plástico para a amiga. Negazul aponta. CRIPTA * CRITICA * CUJOS * DUCONTRA * DUMDUM * EBOLAS. Bonito alisa o bigode, cobiça. A moça enche o copo descartável com cerveja, Bonito repara no rabo de cavalo, na flor tatuada atrás da orelha. Nina, ansiosa, interrompe a contemplação. Gente, vambora? Calma aí, tiozão, que eu vou usar o banheiro.
Bonito entrou no pico. Azulejo branco meio encardido nas paredes, vermelho desbotado no piso, balcão do lado esquerdo, quadro do Bob Marley, o banheiro nos fundos. Dois caras e uma mina na fila, Bonito tira o celular do bolso. Na internet,

um barata-voa. Tio, gente que só a porra falando do borroco no Unique, e parece que virou notícia, VIRAL. Bonito bate o branco da farinha na carteira e o coração já acelerado, queimando largada. Dá uma lambida no cartão e funga. TEI! Um tiro que sobe pela venta e bate no sino da mente. BLEIMMMM! Bonito reencontra os amigos. Vocês viram? Meu, tô vendo agora. Daí todo mundo curtiu a postagem que se espalhava, #rolezinho. Tô calibrado, tiozão. Vambora? E lá se vão os ALKIMISTAS, subindo a ladeira. DUMMMMM. DUMMMM. DUMMM. DUMM. DUM. DM. D.
A Praça das Artes do lado esquerdo, nenhum pixo ainda, coisa que vai mudar logo menos. No caminho hippies vendem pulseira, porta-incenso, piteira, brinco, colar, artesanato. BRISA * PUNIDO * PERIFA * PEREBA. Mendigos se preparam para dormir em barracas, outros se viram com papelões e farrapos, cada um com a sua rotina, sua sorte, sua desgraça.
Largo do Paissandu, primeira à esquerda. Rua Dom José de Barros. SUJOS * AXADOS * PAKATOS * TRAPA * KINGS * RASTROS * INVERTEBRADOS * RÉUS * ANJOS * CABAL * ZANGA * RITUAIS * PSICOSE * COMUNA * RESTOS * BIPS * RAIVOSOS * SEREIA * FUNGOS * TRAÍRAS * RIMAS * KIDS * CORUJA * ARROTOS * IMPACTO * ALCATEIA * MATILHA * HORDA.
Cine Dom José. De terça a quinta, das 9h às 21h. BBB – Belas Bundas Brasileiras. Quem vai transar com Mary? Se eu comesse você. Carinho nas índias. Tudo nome de filme adulto. É proibido se prostituir no local, diz numa placa. Toda quinta à noite encosta mano e mina do Jardim Brasil, Jardim Japão. Da Norte, da Sul. Caracas, Oz, Jandira. E o cinema pornô não tem nada a ver com a fita, vêm para fazer folhinha, trocar ideia, criar coletividade. No Point do Centrão, o lendário, onde tudo começou, onde tudo vai revolucionar. #rolezinho.

KONSPIRADORES

A lua cheia e o point vazio. Mas fica suave, truta, logo menos vai encher de vagabundo. E pode escrever. Até porque Gordo mandou avisar. Ó, meu aniversário e ninguém trampa no dia seguinte, não tem desculpa. Daí, aos poucos, mais e mais, o povo foi colando: BRAVOS * MAMUTS * VÁRIOS * FATOS * LAMAS. Ideia comendo solta. Tem como eu fazer uma preza, meu bom? E o maloqueiro lançou PIRADOS, um traço que sobe a ladeira, cruza e termina num P sintético até o caroço. Inseparáveis, um pixador fazia COGUMELO, e o outro GARDENAL. Os dois assinavam a grife. Fecharam a folhinha no caderno do parça. FELICIDADES, MEU TRUTA! Vagabundo encostando de galera, contra o vento, no mundão, deixando rabisco, ESCOPETA * PIABA * DESKARADOS, e também se conhecendo. Qual seu corre, tiozão? Eu faço HOMENS PIZZA. Mas por que tem uma fatia a menos no desenho? Para homenagear um camarada, tá ligado? Num rolezinho, no alto, numa brincadeira de empurrar e segurar, numa vacilada, a mina não conseguiu pegar de volta na mão do maluco, que rasgou a madrugada prédio abaixo, foi com lata e tudo, Suvinil e sangue na calçada. Entregou o caderno. Cada pixação tem uma história, e nem toda história é feliz. É ou não é? E pode acontecer com qualquer um, truta, viver dá azar.
CAPÃO RAPPERS * THE CLASH * PIGMEUS * TUDO É

BOM E NADA PRESTA, outra folhinha circulando. De mão em mão, caderno, caneta, copo descartável, vinho furreca. Em volta concreto e tinta, e CAOS * CASPAS * CASTIGO. Bagulho começando a lotar. AJATOS * XATO * ROB * SABOTAGE * CITY GATAS * SVS * THE FORAS * HOMENS DA NOITE * KENNEDYS * SATAN * CAMBURÃO * COLOSSUS. E várias histórias. Qual foi a cena? Num sabadão, não foi? Pode pá, cabada e borrifador. Segue nóis: Avenida Assis Ribeiro, Zona Longe, uma testa alta, teve que prender a mangueira na caixa d'água e descer pro beiral, um rolinho badarosca, cansado da noite longa, teve que ficar forçando e repassando, acabou que deu certo, MODORRA * MOBI * MULEX.

E que mano gente fina esse MULEX! Pensa num cara que não arruma confusão, que não fala mal de ninguém, que curte um dub, que curte ficar na dele, um cara que pira na cidade e gosta de urubuzar, em cima de ponte, à noite, admirando a bichona funcionar, luz tudo ligada, turno de 24 horas.

Pixador pode não conhecer a máquina do mundo, mas entende a máquina de São Paulo, sabe onde vai parar o busão, em que porta se enfiar quando chega o trem, vai em cima do trem, vai pelo trilho, pelo meio-fio, dia de maldade, vento na cara, garoa na cuca, LOROTAS * LOUCURAS * LSD.

E vândalo chegando tipo nuvem de GAFANHOTO, um bando de CIGANOS * MALFEITORES * DESORDEIROS, uma CORJA, e mais, FOLGADOS * KONSPIRADORES, aos montes, CORUJAS * MEG * THE GRALHAS * PRETO * FURÕES * 3A * OS DESASTRADOS * LIDERS * RUINS * SANGUE * OSSO * MONARCAS * PARASITAS * SUSTOS * CLONES * SKILOS * PESTES * XAPADOS * PIKARDIA * D'MONS * BLEKS * PIGMEUS * CAD LAKS * PTTC * SWS * TSG * SOS. Agora sim! A lua cheia e o point cheio. Falei para você!

E várias histórias, várias... Recentemente teve aquela fita do maninho na Sul, não teve? O maninho que faz GRAJAUEX...

Ah, truta, essa conversa eu ouvi! Diz que ele tava com a grife, que foram buscar um baseado, teve uma treta e nessas o gerente da biqueira sacou duma pistola. E o GRAJAUEX levou um teco, não foi? E diz também que o pixador levantou na sequência, pique Jesus Cristo. Como assim, meu camarada? A fita é essa. Como assim!? Tô te falando... Sem tirar vírgula. E agora tão dizendo que o vagabundo é imortal, e já teve papo que esse GRAJAUEX desvia de bala, tipo Matrix. Hoje é aniversário dele, por isso que o point tá cheio assim.

E, vem cá, esse negócio de folhinha é o quê? É um sulfite com a assinatura dos manos, só isso. Tem preza que acompanha explicação, A GENTE BORRIFA E A CIDADE CHORA. Tem preza que manda alô para cientista social, INVISÍVEL DE CU É ROLA. Mas não importa, o barato é outro, o barato é guardar esse rabisco num plástico ou numa pasta para fazer coleção, para lembrar as amizades, os perrengues e os picos.

E tem pessoa que já nasce cheia de querer, de novidade, que coleciona diferente, tipo Nina, alquimista porra-louca. Ela arrumava um metro, até dois, daquele papel pardo de embrulho, daí ela dobrava e dobrava, e o troço virava um pergaminho gigante. Ou seja, em vez de fazer folhinha, Nina fazia folhão.

E Gordo pelo mesmo caminho, alquimista também, folhão também, exposto, em andamento, no point do centro. O recado dele, AS LAJE É TRIPLEX. E de cima para baixo, FURTOS * ARGUTOS * TRAPAÇAS, vândalo comparecendo sem massagem, DETENÇÃO * CAPONES * CUCAS * CORINGA, tudo bem régua, bem certinho, ABSTRATOS * MISTÉRIO * RASTROS * DANADOS, a fauna de São Paulo em peso, ABUTRIS * BACTÉRIAS * CÃES * CORVOS * CORUJAS * RATOS * VERMES * URUBUS. Depois você pega esse totem e manda enquadrar. Gente, a coisa mais linda! Peraí, já venho.

Nina não dormia no barulho, nunca. Gordo tinha prometido surpresa, mas foi ela que entrou no boteco e trouxe de volta

um bolo de chocolate, com recheio de chocolate. E Negazul salivando. Meu, deve tá uma delícia! Que horas Nina organizou isso? Vai saber. Ela não contou e veio sorridente. Parabéns para você, nessa data querida. E cada vez mais palmas e mais alto e mais gente. Muitas felicidades, muitos anos de vida. Rá-tim-bum! Gor-do! Gor-do! Gor-do! E na sequência, DIS-CUR-SO! DIS-CUR-SO! Deu certinho. A brecha que o sistema queria. Gordo procurou em volta, dois caixotes vacilando. Colou. Ei, na moral, posso usar aqui rapidão? Mas é claro, truta. INSULTOS e SUCATA, engraxavam durante o dia, pixavam durante a noite, os donos da cidade. DEUS ME LIVRE MAS QUEM ME DERA. Gordo virou um caixote de lado, depois o outro, tomou cuidado para não derrubar nem as graxas nem as coisas, juntou as madeiras, pisou no meio dos dois e subiu.
  Chega aí, chega aí! Ei, galera, chega aí. Todo mundo! Gordo convocando. Maloqueiro geral encostando. Nina com olho arregalado. Gente, que maluquice é essa!? Vai vendo. É AGORA, JOSÉ!

KOBRADORES

Aí, rapa, vamo trocar uma ideia pá e bola? Malandro dando audiência. A fita é muito simples: TEM UM BANDO DE FILHO DA PUTA QUE DEVE PARA GENTE! Eita, vai fazer discurso mesmo!? E quem deve? A polícia? Também. E tem mais, eu quero saber quem aqui já tomou banho de tinta? Gordo levantou a mão e uma pá de vagabundo acompanhou. E tapa na cara? Mais gente levantou a mão e teve nego que nem abaixou. E banho de tinta, porrada e processo, tudo no mesmo dia? Sabe quem mais? SABE O QUÊ? Professor, aula de reforço, TÃO DEVENDO PARA GENTE. Essa que é a fita errada. Psicólogo, auxílio, cuidado, devendo. Ajuda. DEVENDO DENTE. Dentista, DEVENDO. Advogado, político e publicitário, DEVENDO. Comerciante, médico, zé-povinho tudo, essa raça toda. Casa, comida, cobertor, relógio, tênis, sapato, lazer, DEVENDO.

Aqui é todo mundo de quebrada igual e tá ligado que não é só isso, é abuso todo dia! Playba te olha com medo, abaixa a cabeça e atravessa a rua! Quando não é isso, é segurança enxotando. Pois não? Pois não o quê, otário!? Tô olhando a vitrine. Pode não? DIGNIDADE, TRUTA, TÃO DEVENDO!

Falece um irmão nosso e o bico diz o quê? Tem mais é que morrer tudo! Tromba o nosso rabisco e o zé-porva late o quê? Coisa de gente incompetente, burra, frustrada, que não tem objetivo na vida. Porcaria. Um bando de analfabeto.

Ó, vou falar uma coisa, tô vendo aqui SUJOS * FAVELADOS * REVOLTAS * ÓDIOS. Sabe o que mais? TRAMBIQUEIROS *

INGRATOS * NOCALTES * FARRAPOS. E quem mais? GUERRA * MULAMBO * MÚMIAS * NOCIVOS * NOMADIS * ODIENTOS. Mas eu não vejo coitado. Eu vejo DESOBEDIÊNCIA * FÚRIA * HUTOPIA * AUDÁCIA. E Gordo apontava os manos e as minas enquanto berrava. E nego hipnotizado, bobolhando a falação. E o fulaninho segurando um beque apagado. Pode isso? Cadê? Vai, mano, fogo na Babilônia! Gente incompetente, burra, frustrada. Ó a ideia desse mano! Ó A IDEIA DESSE MANO! Sabe o que é isso? A elite pensa que é dona da verdade. NÃO ENTENDE QUEM EU SOU, NÃO ENTENDE O QUE EU FAÇO, mas acha que tem o direito de definir o que é bonito e o que é certo, o que é arte e o que não é. O pior? Eles mandam, essa que é a real.
 Truta de batalha, irmão de tinta, HORA DE COBRAR ESSA IDEIA OU NÃO É? É sangue no olho, tapa na cara, mosca na sopa. Tiro, porrada e bomba. E tem que ser um bagulho grande, tá ligado? Que nem antigamente. Mano relíquia do Movimento tudo virava notícia. DI * JUNECA * BILÃO * PESSOINHA * DINO. E hoje São Paulo é toda foscada e ninguém liga. Os caras desistiram da cidade, mas a gente não. A CIDADE É NOSSA, e eles têm que saber!
 E a galera agitadaça, meu camarada. Uma gritaria. QUEBROU TUDO, GORDÃO!!
 Que nem, outra cena louca foi a invasão da Bienal. Aquela banca nervosa, um barata voa e jornalista e fotógrafo e câmera. Aí sim bacana ficou em choque. Falaram o diabo do nosso trampo, que sujou a arte deles e não sei mais o quê. ARTE O QUÊ? ARTE ONDE? Arte de bunda-mole, que vira enfeite em casa de madame, que nego usa para se crescer em cima do outro, para parecer inteligente falando merda, que rico usa para lavar dinheiro. E outra, artista vive de rabo preso com a elite, mano, essa que é a verdade, e depois criminoso é o pixador. QUEBROU TUDO, GORDÃO!!

E nessas o bagulho embrazou de vez, tinha que ver, plano e palavrão para todo lado, uma alegria besta tomando conta do point, e o fulaninho nada de acender o beque, brisando tanto na ideia que nem piscava. Pode isso? Cadê? Vai, mano, fogo na Babilônia! E a cidade ardeu na ponta do baseado. TRUTA DE BATALHA, IRMÃO DE TINTA, VOU PERGUNTAR DE NOVO, HORA DE COBRAR ESSE BANDO DE CUZÃO OU NÃO É? ÉÉÉ!! Daí foi um tal de É NÓIS, NÓIS POR NÓIS, NÓIS QUE VOA, não sei mais o quê, e os ALKIMISTAS num orgulho da porra do amigo. Nina, Bonito e Negazul: abraçados, chapados e sorridentes.

Aí, tiozão, mas qual é a ideia? Você quer invadir tipo a Bienal, foscar um museu? Não, truta, isso eu acho pouco.

Rolezinho de cu é rola

Bom dia, grupo! CADÊ O GRUPO? VAMO ACORDAR! Bom dia, grupo! CADÊ PIXADOR NESSA PORRA!? Hoje é dia de foscar o MASP, a Pinacoteca, o Palácio do Governo. Dia de picar o rodo no segurança, vê o bichão cair de cara, dia de loucura, de ir pro debate, dar tapa na cara de São Paulo, cagar no capacho, mijar no canteiro. Nem oito da manhã e VÁRIOS * MUITOS * TODOS pixadores compartilhando a ideia. Agora pensa numa sexta-feira errada, num povo agoniado. Vai vendo. Negazul cortou a orelha do menino, fez pezinho torto, deixou a cliente esperando. Nina desenhou a lua roxa, o sol verde, uma saudade marrom e uma bola quadrada. Bonito saiu chutado, buzinou no corredor, na contramão, rei da pista, franzino e perigoso, quebrou retrovisor, virou pizza, dia de maldade.

E a cidade na mesmíssima pegada, se liga, o busão bateu num poste, um carro bateu no outro, fulano mandou sicrano tomar no cu, na calçada, e todo mundo louco, sexta-feira, sexta-cheira. São Paulo, Babel e Babilônia. São Paulo, sombria e surreal. SÃO PAULO, TODO DIA É DIA DE MALDADE!

E tem dia que a noite é foda, e a noite chegou assim, na base do encontrão, OS BAMBAS * OS RUINS * OS PODRES, saíram das SOMBRAS, dos LIXOS, das RAXADURAS, de todo canto, dos MUSGOS.

Da Leste, das extremidades. Mogi, Suzano, Poá. VAGAMUNDO * VAGABUNDO * VAGATUDO * FARRAPOS * VINGATIVOS. Lajeado, Bonifácio, Itaquera. Da Sul, rumo ao centro. Marsilac, Cipó, Parelheiros. MALOKA * MALAKO * PIPOKA * PANAKAS. Da Norte, rebocando tudo no caminho. ILÁRIOS * TRIBUNAL * LARICA, rasgaram a Zona Oeste, espalhando a caligrafia do morro. Itapevi, Jaqueline, Jaguaré. E essa letra diz o quê? A LATA REVIDOU. Dia de fumar maconha, cheirar farinha, baforar lança, dia de maldade. Dia de riscar vidro, foscar de canetão, de meia, de bomba. Dia de meter a alma no muro, de dar murro, cuspir no bico, jogar pedra na vidraça, pisar na grama, tacar fogo na lixeira. NÉVOAS * FUMAÇAS * VÉU, cobriram a cidade. RATOS * MELADOS * VÔMITOS, desceram pelos intestinos. E quantos eram? Uma PORRADA! Dez mil? Fácil. ABORTO * AFOYTO * BOCADA * CAÓTICOS * CAPACHO * DANADOS * DEMENTES * DERROTA * ECAS * FRIERA * FRITADOS * INVASORAS * IPNOSE * KILOMBO * MADRUGA * MANDIBOLA * MANDRACKS * MOIKANOS * XACAL * XULÉ * ZONA NEUTRA.
E teve o quê? De tudo, mano, você desacredita. ZUMBIS * FANTÁSTICOS * RELÂMPAGOS * VUDUS * TREVAS * TEMPLÁRIOS * IMPOSSÍVEIS * INVISÍVEIS * RAROS * POSSUÍDOS * POETAS * PIRADOS * MALUCOS * ABISMO.
E que língua era aquela? Me diz. ALIENS * THE TENTHOS * HOT CITY * BLAKOUT * D'MONS * PIVETS * JE * KOP * PIND * KRELOS * KUSH * PLOK * NEVS * PROCS * KLEX * PAMS! O que significava aquilo? ALGOS * RASTROS * PEGADAS? O quê? NTZ * MK * MLG? O que significava aquilo!? Os pixadores sabiam, a elite não sabia. E isso, truta, zé-povinho

não aguenta, ele gosta do privilégio, de ser o dono da fala. AGORA ESCUTA, FILHO DA PUTA!

Começou na Zona Leste, Jardim Aventura, pastilha caindo aos pedaços, ILEGAL * IMORAL * AFOBADOS, e deram a letra, PIXADOR FAZ ARTE, ARTISTA FAZ DINHEIRO. Pé nas costas, no Capão, uma loja de pneu, MISFITS * FURTO * INSANOS * PESADOS, na correria, NÓIS SE VÊ POR AÍ. Em Diadema, na subida do Jaú, beralzinho de Levis, sentido Marginal, LALA * SUJEITAS * RASTABOYS, só coisa fina, MADE IN FAVELA.

E assim foi, BEKOS * VIELAS * RUAS, a vontade de arregaçar o mundo, a parede, o poste, a marquise, a fachada, a placa, o ônibus, o viaduto. Entendeu? Não? Passaram a cidade para o nome dos ALKIMISTAS * GRAJAUEX * NOITE * BONITO * ANGÚSTIA.

E advinha quem planejou o rolê? Gordo, claro. É simples, mano, só que tem que ser rápido para bico não ganhar. Deu nove horas, sai todo mundo que vier do fundão. Arregaçando, pá. Deu onze, sai quem tiver no point. Guarulhos, Centro, Dezenove, point tudo. De dentro para fora e de fora para dentro, junto e misturado. Encontrou um camarada que veio no sentido oposto? Vaza. E sem alarde. Todo mundo sabe onde ir, o que fazer. Não tem motivo para rodar, ninguém. Só seguir o plano e tomar cuidado para não aparecer o rosto.

Daquele jeito, DO JEITO QUE O DIABO GOSTA, COMO DEUS QUIS, os amigos foram na direção da Paulista, embrazando, ALKIMISTAS * ALKIMISTAS * ALKIMISTAS * ALKIMISTAS * ALKIMISTAS * ALKIMISTAS * ALKIMISTAS * ALKIMISTAS * ALKIMISTAS * ALKIMISTAS * ALKIMISTAS * ALKIMISTAS, de frente para trás e vice-versa,

indo e voltando, o avesso do avesso e a mesma coisa, os A
L
K
I
M
I
S
T
A
SOCORRAM-ME SUBI NO ÔNIBUS EM MARROCOS
E
M
A
S
S
A
G
E
M, foi assim que eles conquistaram a cidade, os A
L
K
I
M
I
S
T
A
S . E s t ã o
chegando. Meia-noite, meia-lua, esquina com a Brigadeiro, sentido Angélica. E era dia de quê? Me conta. De arregaçar o Museu do Imigrante? Mas é claro, truta! E o MIS, o MUBE, o Museu da Casa Brasileira, o da Língua, o do Futebol. O Museu AfroBrasil, não. QUEM É O CURADOR AGORA? KD SEU DEUS? E mais

o quê? Me diz. ME CONTA! Dia de rabiscar Prefeitura, Estação de Metrô, Detran, terminal de ônibus, Secretaria da Cultura, da Justiça, da Saúde. DEVENDO. Todo mundo devendo! A Casa das Rosas, a Mário de Andrade, a Casa Triângulo.
E os prédios?

A	R	A	P	A	S
L	A	M	I	M	A
I	J	A	G	N	P
A	A	R	M	É	A
D	D	G	E	S	T
O	A	O	U	I	O
S	S	S	S	A	S

A					
S					
S					F
A	A				A
S	G				N
S	I	S		L	T
I	O	A	T	O	A
N	T	P	E	B	S
O	A	O	Y	O	M
S	S	S	A	S	A
					S

B				
Ó	D			
S	R	L		
N	A	E	I	
I	M	K	R	
A	A	O	A	LIXOMANIA.

Dia de loucura, dia de maldade, dia total, ENTENDEU!? NÃO? TUDO! TUDO na cidade era dos pixadores, a casa, o carro, a lata, a fumaça, o farol, a pomba, o prédio de vidro. Foscaram tanto que perderam a digital, a identidade, o medo da morte. Entendeu agora? NÃO!? Quando alguém escreve num muro é porque não tem voz. São Paulo foi inteira pixada, isso significa o quê? O QUÊ? Você larga o centro de uma cidade por sei lá quantos anos e acha que não vai acontecer nada? É claro que vai, truta, e aconteceu. A sujeira, a tinta, o descaso, essa mistura toda, fermentando, num processo alquímico e miraculoso, tudo isso deu no pixo, um processo-troço, arte-terrorismo, esporte-vandalismo, um Movimento que tem tudo, tudo a ver com São Paulo. É ou não é? Agressivo, difícil de aceitar, de engolir, de entender. E o bagulho veio pelas mãos de uma molecada atrevida, rueira, intrometida, e nesse pique rúnico, rupestre, silvestre, SELVAGEM, totalmente adaptados, eles se tornaram a espécie dominante, uma PRAGA, tipo PIOLHO, tipo MOSCA, tomaram São Paulo, que amanheceu violentada. Deu no jornal, na mesa do boteco; na internet o assunto mais comentado por um mês. Daí chamaram a cena de Rolezinho, vai vendo. Zé-porva é engraçado. Só rindo.

Vagabundo nunca falou nada de Rolezinho, falava só no dia do ataque: no dia do ataque isso, no dia do ataque aquilo. Ninguém nunca nomeou a parada, nem Gordo nem ninguém. Se moscar chamaram assim por causa da hashtag que Nina usava, ou se vacilar porque colocar nome numa coisa é ser o dono dela, e bico você sabe como é, gosta de ter. E depois vem de conversinha, quer explicar: crítica social e cultural e periférica, um revide inesperado e criativo que nossas esquerdas jamais puderam formular. Que palavreado é esse, mano? E, vem cá, crítico de arte faz o quê? Critica? Tipo fala mal? E paradigma, contemporaneidade, minha paciência pós-moderna. Quem entende?

EI, DOUTOR, DA MINHA VIDA CUIDO EU! QUEM FALA DE MIM SOU EU! O dia do ataque foi mais que isso, foi artístico e político, coletivo e cabuloso. Mas eles disseram que foi um dia fatídico. Vê se pode. Fá-quem?? Como é que é? É nada! Dia de foscar galeria, isso sim! A Millan, a Pivô, a Fortes Vilaça, a Vermelho, a Jaqueline Martins. E mais, muito mais!! Dia de tacar bomba no Obelisco, mijar na estátua do Borba Gato, queimar pneu na Marginal, apertar campainha e sair correndo, dia de maldade! SEXTA-FEIRA, PORRA! E os ALKIMISTAS estão chegando! No MASP, quatro colunas e uma testa, quatro pixadores e uma grife. Coincidência? Nem fudendo. OS ALKIMISTAS CHEGARAM.

VENDE ESSA, CURADOR!

Lateral, fachada e coluna, tudo no alto, sem grade para subir, sem muro para trepar. Invadir o quê, Gordo? Subir por onde? O negócio é suspenso, parece até que levita. Ó, é aqui, Gordo disse apontando na imagem, onde a coruja dorme. Naquela altura, na ponta, Nina se interessou. Gente, um vídeo louco até o osso, pensa! Bonito alisou o bigode. Tô envolvido. Negazul, NOITE, sorriso de lua cheia. Eu é que não vou ser a chata do rolê. Diz aí, qual o plano? Tem aquele prédio em reforma do lado direito, não tem? Sem bico para gansar, tal. E? Então, do mesmo lado, na parte de trás, segunda janela, fica uma escada que sobe para laje. Gordo deu zoom na foto. Meu, é muito alta, não dá para alcançar nem com jeguerê nem com pé nas costas. Duas palavras, Nega: Homem-Aranha. Como é? A gente vai subir de corda. Nina esbugalhou a vista. De corda!? E depois a gente vai descer de cadeirinha. Como assim, a gente, tiozão?! Você também? Eu também. Naquela obra de Pirituba descolei uma roldana. Roldana? Ei, para de repetir o que eu falo, escuta! Na quarta eu venho para casa na bota do carreteiro, vou pedir para ele me deixar na frente do museu, daí vou esconder essa roldana nos fundos, num buracão que tem lá, é tipo um escritório ali. A câmera foca no portão e não filma onde vou guardar o esquema. No dia do ataque a gente pega a roldana, é por ela que vocês vão me subir. Eita!
   Não deu outra, no dia do ataque estava lá, do jeito que

Gordo descreveu, pesadona, enferrujada, num canto escuro. Os ALKIMISTAS levaram cordas, e uma delas com gancho na ponta. Fisgaram a parafernália e trouxeram na manha. A noite calma, calma demais. Bonito e Nina de pé na mureta. Força! AÊÊÊ! BOA! Gordo colocou a estrovenga nas costas e subiu até a frente do museu. Os pixadores carregaram tintas, cordas, cadeirinhas, rolos e latas. Tudo no jeito. Amarram sacolas de plástico na canela e foram pelo espelho d'água. Vai que a gente precisa dar fuga, com pé molhado é osso. É quente. E Gordo foi para baixo da escada e virou as costas para parede. Calculou alguns passos na direção contrária. É aqui! Abriu bem as pernas que nem um lutador de sumô. Segurou o gancho pendente, olhou para cima e para trás. Os outros ALKIMISTAS mantêm a corda suspensa para não encharcar. Gordo se achando, óbvio. Ó, de costas! Girou uma, duas, três vezes. Lançou certeiro na barra de proteção, na primeira tentativa. Deu um tranco. Tá firmeza, só subir. Que nem o Homem-Aranha. Falei para vocês!

 Negazul testou a pegada na altura do rosto, e para subir tem que ser uma pegada bem curtinha, senão haja braço! Depois que nem centopeia: estica, encolhe, o braço, a perna. E Negazul foi primeiro, claro, alada. Bonito na sequência, ligeiro. QUEM NEM O HOMEM-ARANHA, TIOZÃO! Gente, fala baixo! Nina meio que subiu, meio que foi puxada. Daí os três na lida com a roldana. Nessa hora todo mundo suado. Truta, esse paranauê vai dar samba? Olha o tamanho da criança! Será que a corda aguenta? Vagabundo impaciente grita lá de baixo, escutou vai saber de que jeito. Superaudição? AQUI É GRAJAUEX, PARÇA! PODE PÁ QUE NÃO DÁ OUTRA!!

 E não deu, passaram a corda pela roldana e giraram a manivela. De repente um maloqueiro de 140 quilos fica mais perto do céu. OS ALKIMISTAS CHEGARAM. Mais uma vez no topo da metrópole. Falei para vocês! Se liga no sorrisão. DIA DE MALDADE, PORRA! Preparar a laje? É já. E AÍ PÁ! KAOS * KPT * KNM * KPK * PZZ, a cidade criptografada, a obra dos ALKIMISTAS.

E eles com a visão total, o Centrão e um pedaço da Norte nos fundos, depois o horizonte, Bairro das Pimentas, Jardim Hebrom; a Paulista bem na frente, na fuça, o cheiro de fumaça vem por baixo, e para onde o nariz aponta a bichona vai que vai até quase a praia, para os lados do Embu, tem um pouco de mata lá, nem parece São Paulo. MAS, NEGA, O QUE É SÃO PAULO AFINAL? É outra coisa, maior que o assombro. É identificação, sou eu. Não, não é. É NÓIS! Não, não, não. Eu persigo São Paulo, eu sei. São Paulo é outra coisa. Infinita, violenta, mal-educada. Não, é outra coisa! A periferia que esparrama, os bares, as travestis, os engraxates. Tudo isso e nada disso é São Paulo. A camisa polo, a hipocrisia que cimenta nossos prédios. Não, não, não. É outra coisa!

Nina, seja o que for, independente, eu amo essa cidade! Eu também, Nega, apesar de tudo. Pode crer. Ninguém ama São Paulo que nem pixador, que repara no prédio, abraça o poste, roça no muro, beija o asfalto. É físico, é carinho. Nina passou o baseado para Negazul, as duas trocando ideia, olhando o céu. Nuvens gordas e aceleradas, cobrindo a lua, mostrando a lua.

Bonito preparava uma corda e reparou também. Ei, tiozão, imagina o Batman agora, de prédio em prédio. PÁ! PÁ! PUM! PÁ! PÁ! PUM! É? Imagina o Super-Homem agora. Atravessando a noite. ZUM! ZUMM! ZUMMMM! Muito mais louco! Gente, que nada, imagina a Mulher-Maravilha, isso sim! Para, Nina. IMAGINA O GRAJAUEX!

Imaginou? Uma viagem. Pixar a lua? Os ALKIMISTAS já. Tudo planejado. E você? Pensa! No que ia escrever. Ia xingar, pedir para Deus? Seu nome? Dizer te amo? Te odeio? Na lua a gente nunca vai saber, mas no MASP os ALKIMISTAS começaram arregaçando a lateral. Nina chamou na chincha e na cabada. ANGÚSTIA * VENDE ESSA CURADOR! E Bonito e Negazul tomando conta do rapel. Saia do concreto, no chão, uma barra de aço que serviu para dar um nó, umas voltas e um laço na corda. Na outra ponta, a cadeira já no pique aventura. E ele só esperando, primeira vez descendo. Era mais comum Gordo ficar na contenção. O maloqueiro calado e cabreiro, não sabia explicar, também não comentou. Para quê? Vai ajudar quem? Acorda para vida, Gordo! E o pixador saiu do transe. Pronto aí? Na suavidade. Então vem cá. Negazul deu a letra. Coloca a perna aqui. Não, meu, a outra. Tá bem, mano? Cê tá branco! Tô bem. Negazul continuou. Vira de frente para mim. Gordo obedeceu. Ela passou a corda na cadeirinha, testou. Meu, tá seguro, é isso aí. Agora vai na ponta e vira de costas, senta devagarzinho. Negazul mostrou. Bonito desceu aquela narigada e subiu aspirando com força o resto do pó. Que nem você tivesse cagando, tio! Nina voltava com rolinho e lata. Gente, que deselegante! Bonito limpou a farinha do nariz e alisou o bigode. Deselegante, eu!? Para, Nina, aí eu não aceito!

Gordo, ignora os dois. Olha para mim! Vai descendo na maciota, do jeito que eu te expliquei, daí a gente vai liberando corda. O resto é com você, já sabe, molha o rolo, chacoalha para tirar o excesso, curte o visual, o vento, faz uma letra, a outra, até o chão. Quero ver o bagulho régua! Tá pronto? Lógico, mano! Aqui é G
   R
   A
   J
   U
   E
   X, porra! De cima a baixo, tudinho, coisa finíssima. O medo,

cadê? Bonito sem embaço pegou a outra coluna, B
O
N
I
T
O. Nina chamou
no problema e na catuaba. Deu um gole, enfiou a garrafa na mochila e desceu na sequência A
G
Ú
S
T
I
A. Negazul intimou: a testa é minha!
E assim foi, de fora a fora, ALKIMISTAS * 1 X 0 PRO CRIME.
O bagulho até arrepia. A imagem, o placar, que rodou o mundo. Nego discutiu, xingou, compartilhou uma pá de foto na internet, de uma pá de grife, mas foi o MASP, transformado em agenda, denunciando a derrota do zé-povinho, que virou símbolo daquele dia, o dia do ataque. No jornal, na rede social, o escambau, era o museu bitelo no fundo e um texto, um vídeo, uma palestra. Entrou para história: ROLEZINHO ESPANTA SÃO PAULO, disse a manchete. EI, JÁ FALEI, ROLEZINHO DE CU É ROLA! Mas quem tem boca fala o que quer, não é mesmo? Só que também tem o seguinte: foda-se! O que importa é a continuidade do Movimento, e no dia do ataque ele continuou. E só faltava Negazul, autora e autoridade da frase que ajudou a bagunçar o cinza. Acha pouco? É nada! N
O
I
T
E. Agora não falta mais ninguém, não falta mais nada. Ou falta? Vazar? E VOARAM!

VOARAM PARA CASA, SENTIDO ZONA SUL, URUBU-SERVANDO RABISCO, POR CIMA DA CARNE SECA, DA CARNE PODRE, NAS NUVENS, ALTOS PAPOS E ALTOS BASEADOS, OS ALKIMISTAS PODEM TUDO, PARECE ATÉ QUE SÃO IMORTAIS, só que não. pousaram chegando no fechanunca, onde tinham crédito e mimo, onde tudo começa e termina, o esquenta e a saideira, o nunca que era o sempre, tá ligado? você chega às seis da manhã, o pião deu ruim, mas você pede uma coxinha, a pimenta na garrafa de coca e ganha um recomeço. o trabalhador dá sinal, o buso para no ponto, a vida continua, cafezinho e pão com manteiga. é isso aí, a noite acabou. o fechanunca era assim, a esperança do guerreiro. e os ALKIMISTAS estão chegando, estão chegando, mas dessa vez não vão chegar porque no meio do caminho tinha um muro, e no muro tinha uma pedra solta.

o dono tinha acabado de pintar, dava para sentir o cheiro de látex, uma sobreloja em cima da drogaria, a duas quadras do fechanunca. sabe quando o negócio brota no meio do concreto, a flor entre o meio fio e o asfalto, o prédio na esquina? pois bem... essa pegada cabulosa foi assim que os ALKIMISTAS descobriram, apareceu do nada. uma parede amarela, o acesso pela caixa de telefonia. você sobe nela, pá, trepa no muro e apoia a mão esquerda na própria parede, embaixo tem um corredor estreito, o caminho do banheiro. foi gordo quem viu. vou mandar naquela lateral! e acelerou. gente, a nossa cara! e lá se vão os ALKIMISTAS, pela última vez.

gordo foi o primeiro a chegar, empolgado. PÁ! PÁ! PUM! já é, em riba do muro. ei, gordo, toma cuidado! QUE MANÉ CUIDADO, AQUI É GRAJAUEX, PORRA! daí ele fez o G, o R, e descia a segunda perna do A quando pisou na tal da pedra solta. escorregou, caiu e bateu a cabeça na guia. TEI!

um barulho seco, o vagabundo estatelado, de olho aberto, um riso canalha no canto da boca. eita porra!! gordo! gordo, tá bem! GORDO! tá ouvindo, mano!? GORDO! ele não respondeu. sabe onde tá? GORDO!! ACORDA, PORRA! GORDO! GORDO!! ACORDA, PORRA! nada. amanhecia um vento leve, frio. as luzes se apagaram. lá vem o sol, apesar da noite nublada, gritando de cor naquele céu. e veio vermelho. e gritou, feriu, nascendo. matando. gordo morreu. não, mano, ele não pode morrer! você viu, eu vi! gordo levou um tiro na cabeça e ficou de pé na sequência! ELE NÃO PODE MORRER! ele voa, solta raio pelo olho, é forte para caralho! não, mano, gordo morreu. ele escorregou, bateu a cabeça na guia e morreu. simples assim, aceita que dói menos. CÊ É LOKO, TRUTA! ISSO AÍ É VIAGEM! não é, truta. foi deus que quis. AH, É? quer saber duma coisa? DEUS, VAI SE FUDER! meu, calma, olha o que você tá falando! RAIVA * DESAMPARO. os ALKIMISTAS esperavam outra coisa, óbvio, outra cena, um herói, indo para cima da defesa, ponta de lança. e não foi desse jeito. os ALKIMISTAS viram a morte morrida, enganaram a morte matada, mas a morte besta pegou eles de jeito, daquele jeito.

qual o sentido daquilo? QUAL O SENTIDO DAQUILO?! a dor que você não entende é a pior de todas, é o engasgo. e os ALKIMISTAS agoniados, entalados, não sabiam o que aquilo significava. você sabe!? alguém sabe? VOCÊ COSPE OU ENGOLE? só sei de uma coisa, tiozão... na vida e na literatura, tem hora que a gente precisa virar a página. e com sorte não falta muita coisa.

farinha tudo de novo?

TEI! TEI! TEI! era um sábado, um cinza, uma tristeza do caralho, uma garoa paulistana, fina, insistente, chuva de agulha, na bochecha, na cabeça, nos ombros, sangrando tudo, molhando. puta dia feio, qualquer dia é dia para morrer afinal. se vacilar outra piada de deus, ou se pá deus não faz piada e pouco se fode para gente, é só a vida seguindo e o caixão de gordo fechando. TEI! TEI! TEI! ressaca na boca e nas pernas, pixador que só a porra encostou. de volta aos intestinos da cidade, para mais de mil no enterro. mordendo a orelha, bonito era o mais abalado de todos, e ele me saca duma peteca de farinha (uma petecona, tinha que ver), joga tudo em cima do caixão e começa a bater várias carreiras, várias. de repente um burburinho do caralho, negazul e nina tentam segurar o maloqueiro, mas desistem. foda-se! a vida é sua, bonito, faz o que te der na telha. e ele aspirou a primeira carreira, nem um grãozinho sobrou no tampo, e a dor continuava na mesma, o pó não ajudou em nada. aí foi lágrima, soluço, ranho, tudo de novo e todo mundo no bonde. até quem não era de chorar, chorou. até quem não era de cheirar, cheirou.

bahia, nariz branco, escorrendo, abraçou os ALKIMISTAS. dona flor calada, murcha, de saia e coque, segurando um lenço, não se aguentava. colocaram a vó de gordo numa cadeira de rodas. o pastor com a mão esquerda no ombro dela e a outra mão segurando a bíblia. vareta com cara de cu num canto, o único que não chorava, meio que gostando até, dava para ver. quem chamou esse arrombado!? vamo dá um pau nele! calma, gente! não é hora para isso.

irmãos! o pastor pediu a palavra e falou isso e aquilo e perdão e destino e a obra de deus e ele sabe o que faz. truta, na moral, essa conversa já deu. o papo reto é tristeza em cima de tristeza e ferida e cicatriz até você ficar sozinho e não aguentar mais a vida. meu, calma, não é bem assim. É SIM! morto e enterrado. saideira no fechanunca? macho, que tristeza dum cabrunco! hoje até eu vou tomar. e foram bahia e os ALKIMISTAS na direção do boteco, os ALKIMISTAS menos gordo, claro, e essa foi só a primeira vez que lembraram do amigo, e foi também a primeira-única-exclusiva vez que o fechanunca fechou. que noite escrota, que fita cabulosa.

nina teve um tremelique quando viu a porta lisinha do bar, sem pixo nem tag, nada, necas. gente, a coisa mais linda! e faz total sentido, quem vai foscar uma porta aberta? aí não tem afronta.

em pé na calçada, no apetite, desconfiados, qual dos ALKIMISTAS teria coragem? gente... bahia, posso? vai, nina, rabisca lá o seu troço. balançou a lata, enxugou a lágrima e mandou a letra: ANGÚSTIA. respirou fundo e arrematou, favelada e filosófica: 7 X 1 PRA MORTE.

os ALKIMISTAS entraram no fechanunca. bahia colocou a chapa para esquentar, acendeu as luzes, abriu o caixa, jukebox funcionando. nina e bonito foram para a mesa. negazul meteu a mão no bolso, sete moedas; na real seis moedas, uma delas era a bala que não conseguiu entrar na cabeça de gordo. amassada, virou moeda. e negazul, assim de perto e com atenção, se ligou que não era de ouro porra nenhuma, era de chumbo. ela guardou a famigerada de volta no bolso e meteu as outras seis na máquina.

o primeiro som enjoado, triste, propício. o povo meio sem assunto, um bicho cavando por dentro. por quê? porque gordo morreu, por isso. vai passar? não, não vai passar, só que depois você acostuma. macho, o gordo era o cabra mais alegre desse bar, vamo esquecer o desânimo? bonito fez uma feiura qualquer com a sobrancelha. o gordo, bahia!? com todo respeito ao nosso falecido parceirinho, mas e eu!? e bonito deu uma gingada torta e um sorriso encavalado. ninguém riu.

pediram a coxinha, a pimenta na garrafa de coca, mas dessa vez não teve recomeço... pediram também uma breja, e bahia chamou na pinga, um velho barreiro com limão que desceu rasgando. bom é assim, queima tudo de ruim. falaram daquele dia e do outro, e lembra quando a gente. a última música não foi mais animada que a primeira.

ei, nega, mete lá outro som, uma coisa mais alegre. acabou a moeda, ela respondeu. quer dizer, mais ou menos. e negazul colocou a bala amassada em cima da mesa. só sobrou essa. aí o clima pesou de vez, roubou a brisa dos ALKIMISTAS. mas valeu a pena, não valeu? não sei. valeu? farinha tudo de novo? ninguém riu, ninguém respondeu, não tinham mais nada para falar. se despediram. vazaram.

FUI

cabuloso

adjetivo
Regionalismo: Brasil. Uso: informal.
1   que traz ou tem azar; azarento.
2   que aborrece; maçante.
3   desagradável, antipático.
4   complicado, obscuro.

(*Dicionário Houaiss Eletrônico*, versão 3.0, Ed. Objetiva, 2009.)

alquimia

A alquimia é a arte da transmutação dos metais com vistas à obtenção do ouro. Entretanto, produzir ouro metálico para o gozo próprio, ou até mesmo, como na China, ouro potável para, consumindo-o, atingir a longevidade corporal, nada disso é, na verdade, o real objetivo da alquimia. Ela não é, de fato em nenhum grau, uma pré-química, mas uma operação simbólica. (...) O ouro, dizem os texto védicos, é a imortalidade.

(*Dicionário dos símbolos*, de Jean Chevalier e Alan Gheerbrant, Ed. José Olympio, 26ª ed., 2012.)

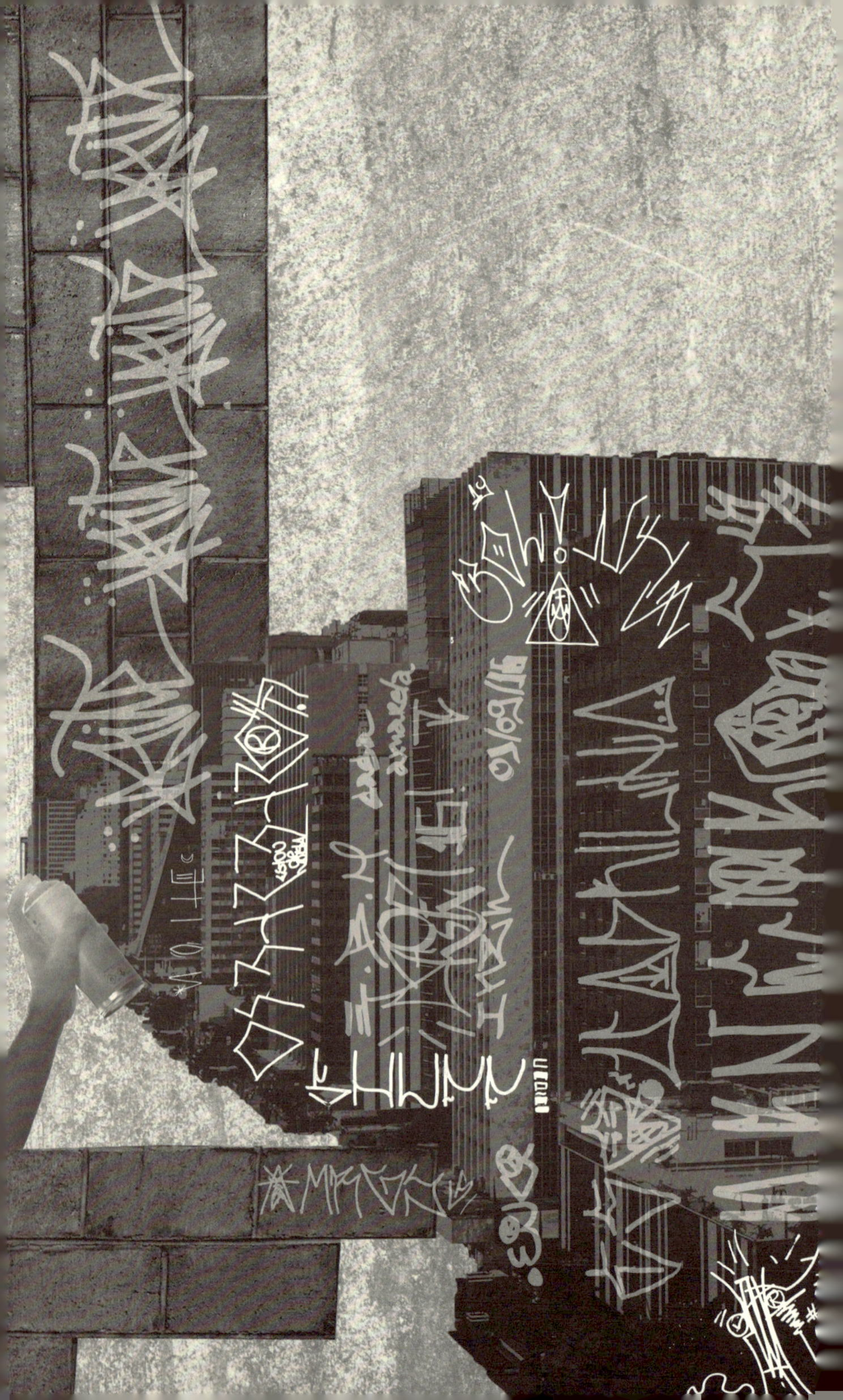

Obrigado a todos os pixadores de São Paulo, que colocam a voz da cidade na boca do muro.

O autor

BRUNO HONORATO gosta de caqui, cachorro e tartaruga. Gosta do Tom Zé e do Tim Maia. Não gosta de jiló nem de imposto de renda. Suas experimentações, que ora começam, juntam design gráfico, arte de rua, caligrafia e literatura. É disperso, mas obstinado. Tem medo de avião.

Nasceu em 1983, no Rio de Janeiro, na Baixada Fluminense. Cresceu em São Paulo, ama São Paulo, cidade que foi musa de seu primeiro livro, *A boca do muro*.

fontes	Josefin Sans (Santiago Orozco)
	Montserrat (Julieta Ulanovsky)
papel	Pólen Soft 80 g/m²
impressão	BMF Gráfica